# voyage
# vers le Nord

Nous tenons à remercier Alberto Manguel de nous avoir guidés vers le Nord, en compagnie de Cees Nooteboom.

Publié avec le concours
du ministère de la Culture de la République tchèque.

Titre original : *Cesta na sever*
Traduction de la préface de Cees Nooteboom : Isabelle Rosselin

ISBN : 978-2-37385-191-5
Dépôt légal : septembre 2019
Illustration de couverture et conception graphique : Sandrine Duvillier,
d'après un dessin de Karel Čapek
Photogravure : Pica Digital
Relecture typographique : Nathalie Barthès

Les Éditions du Sonneur
5, rue Saint-Romain, 75006 Paris
www.editionsdusonneur.com

# voyage vers le Nord

Karel Čapek

Illustrations de l'auteur
Préface de Cees Nooteboom
Traduction du tchèque de Benoît Meunier

LES ÉDITIONS DU SONNEUR

# LES YEUX SONT LA MEILLEURE PARTIE DU CERVEAU

*Quand* Voyage vers le Nord *paraît à New York en 1939, Karel Čapek est mort depuis un an déjà, brisé par ce qui se déroule dans son pays après la trahison à Munich des grandes nations d'Europe occidentale, qui ont signé avec Hitler les accords scellant le sort de la Tchécoslovaquie. Présageant ce développement, il avait lancé dans plusieurs de ses livres et de ses pièces une mise en garde tant contre le national-socialisme que contre le communisme, deux idéologies qui allaient maintenir son pays sous leur emprise pendant quarante ans, dans une fatale succession d'événements.*

*Le mot « robot », qu'il avait utilisé pour la première fois dans son œuvre* R.U.R., Les Robots universels de Rossum, *l'avait rendu célèbre – il déclara plus tard que c'était son frère Josef, avec lequel il travaillait souvent, qui avait inventé ce terme. Quoi qu'il en soit, ni lui ni son frère ne pouvaient savoir à ce moment-là, même s'ils le pressentaient, que les armées comme robotisées de deux puissances ennemies enfermeraient pour longtemps la Tchécoslovaquie dans leur étau.*

*Čapek, qui a les yeux grands ouverts, fait partie, tout comme son frère, de la scène intellectuelle cosmopolite et animée du Prague de l'époque. À l'instar de nombreux écrivains de science-fiction, c'est un visionnaire. Dès 1924, à 34 ans, il écrit un roman sur une arme qui présente toutes les caractéristiques de la bombe atomique, une épouvante qu'il n'aura pas à connaître.*

*Le lecteur ingénu de New York s'aperçoit-il de quoi que ce soit en ouvrant le carnet de voyage de Karel Čapek en Norvège ? Y décèle-t-il la menace du regain de nationalisme allemand qui préoccupe tant son auteur ? À vrai dire, non : on sent ici et là, seulement si on le sait, une très légère allusion à un monde malveillant qui doit exister ailleurs, mais certainement pas à bord du* Håkon Adalstein, *le bateau qui longe la côte norvégienne en direction du cap Nord. On ne le sent pas davantage dans les chapitres d'introduction qui présentent une image plutôt paradisiaque du Danemark, pays de cocagne, de la Suède, carrée dans son fauteuil, très loin du cruel reste du monde, d'une Norvège presque rêvée, provoquant l'homme tout de regard qu'il est et le poussant à des descriptions merveilleuses, éblouissantes de la nature – poésie de pierre, de lumière et d'eau –, tempérées de temps en temps par un humour tchèque singulier, rappelant parfois ses successeurs Kundera et Hrabal, dont il use pour s'adresser avec insouciance aux arbres, aux rochers et aux ports comme à des amis.*

*Čapek ne se contente pas d'écrire, il dessine, de simples dessins à la plume de maisons en bois, de petits ports, de formations rocheuses, d'arbres aux formes étranges, de petites églises, de forêts, dessins qui donnent au livre une curieuse innocence, comme si leur auteur voulait nier la menace qu'il percevait sans doute dans les nouvelles du jour. Que les choses puissent se passer autrement dans cette Suède de rêve, nous l'avons appris par les trois gros romans policiers de Stieg Larsson, mais Čapek n'accorde pas la moindre place dans son livre à ce genre de calamité, qui bien sûr ne date pas d'hier. Il n'est pas dans la Suède d'Ingmar Bergman ou de Strindberg, mais dans un pays calme et flegmatique, dans la Norvège primitive de pêcheurs et d'agriculteurs travailleurs et pauvres, dans un paradis terrestre de misère et de sobriété où la perversité n'existe pas et où l'on ne peut pas trouver d'alcool,* ikke alkohol. *Le peu de personnes que rencontre Čapek, ce sont les autres passagers avec lesquels il navigue le long des fjords, des côtes rocheuses, des îles Lofoten et du cercle polaire jusqu'à l'extrême Nord, où l'Europe se dit adieu dans des paysages dont il évoque l'aridité, les nuages éternels et la solitude.*

*Les autres voyageurs sont, tout comme lui, des passagers au sens le plus littéral du terme : des passants, des apparitions éphémères qui disparaissent face à la majesté de la nature d'où, le plus souvent, toute présence humaine est absente. Parfois, il décrit brièvement une rencontre, un mécanicien ivre, un capitaine laconique qui s'est confondu avec la mer, un prêcheur américain exaspérant que l'on ne peut éviter car, sur un petit bateau, on ne peut se cacher que dans sa cabine. Mais les véritables personnages principaux de son histoire sont les paysages, les glaciers, les massifs rocheux, les fjords et aussi, à mesure qu'il s'approche du Nord, le drame de la lumière qui ne disparaît plus, qui supprime à ses yeux la notion du temps. C'est là qu'il donne le meilleur de lui-même, dans la description de cette incroyable diversité des nuances lumineuses sur la surface de la mer, quand la nuit devient furtivement le matin, le matin la journée et la journée à nouveau le soir, et que l'on n'a conscience de l'écoulement réel du temps qu'en regardant sa montre. Dans les petits ports des nombreuses îles, il sent la solitude des habitants qui y passent leur vie et, à la fin du voyage, alors qu'il médite brièvement sur son Europe bien-aimée à la vue du mur défensif du cap Nord, on sent à quel point le captivent la désolation du paysage et les misérables occupations des petites gens entre mer et montagnes, au fil de leur interminable journée – et, s'imagine-t-il, de leur tout aussi interminable nuit. Sur le chemin du retour, il passe par la Suède via la toundra et les forêts qui jamais ne s'interrompent, qu'il décrit comme presque claustrophobiques. Mais il est déjà à la fin de son voyage, Européen venant de ce centre lointain du continent qui, dans peu de temps, sera déchiqueté, Européen qui écrit un livre sur un pays qui lui aussi, bientôt, sera attaqué et occupé par le féroce régime contre lequel il avait lancé tant de mises en garde. Si Čapek a voulu, dans son dernier livre, montrer un monde innocent, sans péché originel, il y est parvenu, et c'est tant mieux pour lui, même si l'on a presque l'impression que ce pays n'a jamais existé. La Norvège d'aujourd'hui est riche : sous la surface de ses mers septentrionales qui ne cessent de se réchauffer, et sous la glace fondante des glaciers et du pôle Nord, se trouve le pétrole qui allait changer radicalement le monde où Čapek a voyagé.*

*Et pourtant. Quelque part dans son livre, il dit avec plus de panache que de perspicacité biologique que les yeux sont la meilleure partie du cerveau. Dans* Voyage vers le Nord*, il a vu avec ses yeux et consigné un paysage qui continue d'exister à travers ses mots et ses dessins. Et le pétrole disparaîtra lui aussi un jour, les montagnes le savent mieux que les hommes.*

CEES NOOTEBOOM

CE VOYAGE DANS LE NORD a commencé voilà bien longtemps, dans les premiers jours de ma jeunesse ; où sont-ils, ces temps où nous quittions Göteborg à bord du *Vega*[1], Vardö à bord du *Fram*[2] ?

« Une mer calme et vaste s'étalait devant nous », ma foi, ce furent de belles journées. Mais la vie est imprévisible et pleine d'aventures, et si aucun Tchèque n'est devenu explorateur polaire, cela ne tient qu'à un caprice du destin. Il y avait bien pourtant une terre inconnue, prise dans des glaces éternelles, qui attendait d'être découverte par 89° 30' de latitude Nord ; elle abritait un volcan qui la chauffait tant, mon île, qu'y poussaient des oranges, des mangues, et d'autres végétaux encore peu connus aujourd'hui ; et vivait là un peuple ignoré, hautement civilisé, qui se nourrissait du lait des vaches de mer. Désormais, il est fort peu probable que quiconque la trouve jamais, cette île.

---

1. Bateau à bord duquel l'explorateur suédois Adolf Erik Nordenskjöld (1832-1901) franchit pour la première fois le passage du Nord-Est. *(Sauf mention contraire, toutes les notes sont du traducteur.)*
2. Bateau à bord duquel l'explorateur polaire norvégien Fridtjof Nansen (1861-1930), auteur de *Vers le pôle*, tenta de gagner le pôle Nord.

Mon deuxième voyage dans le Nord a duré plus longtemps, et il ne prendra sans doute jamais fin ; ses ports, ses escales ont pour noms Kierkegaard, Jacobsen, Strindberg, Hamsun[3], etc. ; c'est toute la carte de Scandinavie qu'il me faudrait couvrir des noms de Brandes et Gjellerup, Geijerstam, Lagerlöf et Heidenstam, Garborg, Ibsen, Bjørnson, Lie, Kielland, Duun, Undset, et Dieu sait qui encore ; Per Hallström, pourquoi pas. Et puis Ola Hansson, Johan Bojer et tant d'autres, comme Andersen-Nexø[4]. J'ai tant vécu sur les îles Lofoten et en Dalécarlie, j'ai tant parcouru le Karl Johans Gate[5] ! Mais

3. Søren Kierkegaard (1813-1855), philosophe danois subjectiviste et idéaliste. Jens Peter Jacobsen (1847-1885), écrivain naturaliste danois. August Strindberg (1849-1912), dramaturge et écrivain suédois. Knut Hamsun (1859-1952), écrivain norvégien (prix Nobel de littérature en 1920), auteur de *La Faim* (1890).
4. Georg Brandes (1842-1927), historien de la littérature et critique d'art danois. Karl Gjellerup (1857-1919), écrivain et dramaturge danois (prix Nobel de littérature en 1917). Gustav Geijerstam (1858-1909), écrivain naturaliste suédois, proche de Strindberg. Selma Lagerlöf (1858-1940), romancière suédoise (prix Nobel de littérature en 1909), auteur du *Merveilleux voyage de Nils Holgersson* (1906). Verven Von Heidenstam (1859-1940), romancier et poète lyrique suédois. Arne Garborg (1851-1924), écrivain naturaliste norvégien. Henrik Ibsen (1828-1906), poète et auteur dramatique norvégien. Bjørnstjerne Bjørnson (1832-1910), auteur dramatique et écrivain norvégien (prix Nobel de littérature en 1903). Jonas Lie (1833-1908), écrivain norvégien, auteur de romans de critique sociale. Alexander Lange Kielland (1849-1906), écrivain réaliste norvégien. Olav Duun (1876-1939), écrivain norvégien, auteur de romans sur la vie des pêcheurs et des paysans dans le nord de la Norvège. Sigrid Undset (1882-1949), romancière norvégienne (prix Nobel de littérature en 1928), auteur de romans épiques. Per Hallström (1866-1960), poète néoromantique suédois, célèbre pour ses courts récits psychologiques. Ola Hansson (1860-1925), écrivain et poète suédois, maître de la nouvelle psychologique. Johan Bojer (1872-1959), romancier et dramaturge norvégien, auteur de romans sociaux, politiques et psychologiques. Martin Andersen-Nexø (1869-1954), romancier danois, auteur de la saga *Pelle le conquérant* (1906-1910).
5. Avenue principale d'Oslo.

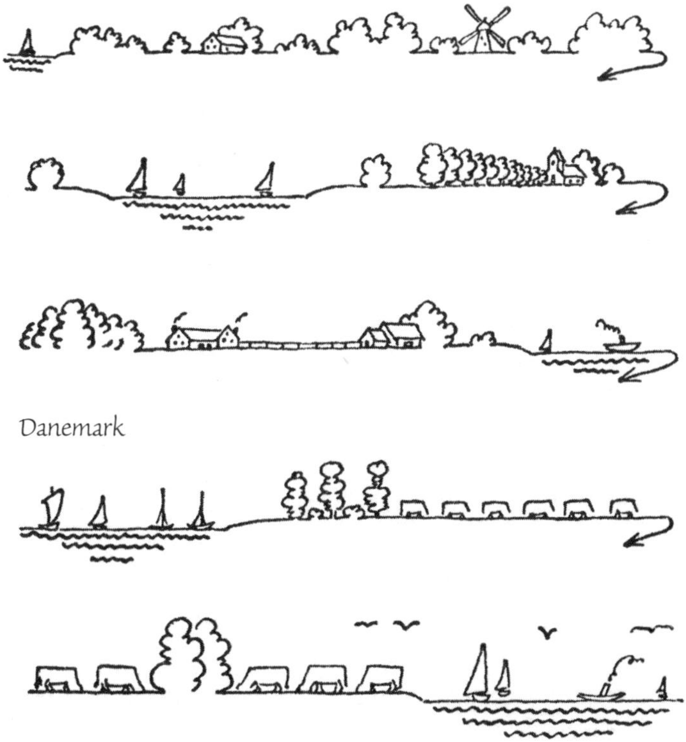


tout cela ne fut guère utile, et un jour, il faut bien s'en aller admirer certains endroits de cette terre, ceux où l'on se sent chez soi ; alors on s'émerveille, on hésite entre deux éblouissements : on avait déjà vu cela, ou bien on n'aurait jamais pu l'imaginer. C'est bien en cela que la grande littérature est étrange : elle est ce qu'une nation a de plus national, mais la langue qu'elle parle est intelligible et familière à tous. Aucune diplomatie, aucune société des nations n'est aussi universelle que la littérature. Or, les hommes n'y accordent que trop peu

Suède

d'importance ; et voilà pourquoi ils peuvent encore se haïr ou se sentir étrangers les uns aux autres.

Et puis il y a un autre voyage, un autre pèlerinage dans le Nord, qui n'a qu'une seule direction : ce Nord où l'on trouve des bouleaux, des forêts, où pousse l'herbe et scintillent d'innombrables étendues d'eau bienheureuse ; où le froid est argenté, le brouillard plein de rosée et la beauté plus tendre

Norvège

et plus grave que toute autre ; nous aussi, nous sommes déjà ce Nord doux et froid, car nous en portons au plus profond de notre âme une parcelle que même une insolation prise pendant les moissons ne peut faire fondre – un peu de neige, un morceau d'écorce de bouleau et quelques fleurs de parnassie ; un pèlerinage vers ce Nord blanc, ce Nord vert, ce Nord exubérant et nostalgique, ce Nord terrible et délicieux.

Là-bas, ni lauriers ni oliviers, mais des aulnes, des bouleaux et des saules, des salicaires, de la bruyère, des campanules et des aconits, de la mousse et des fougères ; près des torrents, des spirées, dans les bois, des airelles ; jamais aucun Sud brûlant ne sera aussi luxuriant, plantureux, gorgé de sève et de rosée, béni par le dénuement et la beauté, que le pays du soleil de minuit ; et tant qu'à partir – car voyager, ça n'est pas rien, que de tracas et de soucis ! –, tant qu'à partir, donc, autant que ce soit pour le plus magnifique des paradis ; et dis-moi alors si ce n'est pas là ce que tu cherchais. Oui, Dieu merci, j'ai vu ce Nord que je voulais voir, et c'était bon.

Il y a enfin un dernier voyage dans le Nord. De nos jours, on parle tant des peuples et des races qu'il serait bon d'aller les voir de plus près. En ce qui me concerne, je suis allé jeter un œil sur ces Germains au sang pur ; j'en suis revenu avec le sentiment qu'il s'agit d'une race formidable, vaillante, éprise de liberté et de tranquillité, attachée à sa dignité, peu encline à recevoir des ordres et à être guidée par quiconque. Tant qu'à partir découvrir d'autres peuples, autant aller à la rencontre des plus heureux, des plus mûrs. Je suis allé voir l'Europe de minuit, et, Dieu merci, elle ne va pas si mal.

# LE DANEMARK

UNE FOIS LA FRONTIÈRE ALLEMANDE traversée, on s'enfonce dans la péninsule du Jutland. À première vue, la différence est ténue ; des deux côtés de la frontière, la même plaine, à peine onduleuse, juste assez pour qu'on n'aille pas dire qu'elle est plate comme une table ; d'un côté comme de l'autre, les mêmes vaches noir et blanc, sauf que, là-bas, les facteurs ont un uniforme bleu marine, tandis qu'ici, il est d'un beau rouge vif, et que là-bas, les chefs de gare ont vraiment l'air de chefs de gare, tandis qu'ici, on dirait de vieux loups de mer affables. Ce sont les hommes, avec leurs gouvernements et leurs régulations de toutes sortes, qui créent dans le monde des différences aussi marquées, aussi tranchées. Pourquoi ne pas plisser nos lèvres et siffler un air joyeux, alors que ces petites vaches noir et blanc nous observent tranquillement de leurs yeux danois ?

Un petit pays, de ce vert clair qu'on utilise pour colorer les plaines sur les cartes ; des prés verts et de verts pâturages mouchetés de petits troupeaux ; de l'hièble, avec ses tartelettes de fleurs blanches ; des jeunes filles aux yeux bleus, à la peau laiteuse et duveteuse, des gens lents et réfléchis ; une plaine comme tracée au cordeau – il y a par ici une montagne, paraît-il, on lui a même donné un nom : le Himmelbjerg[6] ; l'un de mes amis la cherchait en voiture, et comme il ne la trouvait pas, il demanda à des autochtones où elle se trouvait, lesquels lui répondirent qu'il l'avait déjà franchie plusieurs fois. Mais ça n'est pas bien grave ; au moins, on voit loin – d'ailleurs, en se hissant sur la pointe des pieds, on doit même apercevoir la mer. Rien à dire, c'est un tout petit pays, quoiqu'il compte plus de cinq cents îles ; c'est une petite tranche de pain, mais bien beurrée. Loués soient ces troupeaux, ces granges, ces pis gonflés, ces clochers émergeant de la cime des arbres, ces ailes des moulins qui tournent dans une brise fraîche…

Mais voilà que nous avons franchi le détroit du Petit Belt grâce à un joli pont tout neuf, et nous sommes à présent sur

6. Littéralement « montagne du Ciel ».

l'île de Fionie, qui ressemble plus à un jardin qu'à une terre ordinaire. Je devrais certes m'attarder le long de ce chemin tranquille qui sinue entre les saules et les aulnes, ce chemin qui mène à un clocher pointu sur l'horizon ; mais, chère route, nous ne faisons que passer, et notre voyage nous conduit vers le soleil de minuit. Il n'y a par ici aucun village comme ceux que l'on trouve chez nous, seulement des fermes éparpillées dans les verts pâturages ; des fermes au toit rouge ; et le facteur, dans son uniforme rouge, se rend de ferme en ferme à vélo. Chacune d'entre elles se dresse, isolée, au beau milieu de ses champs verts ; vers l'ouest, d'où souffle le vent, elles sont emmitouflées jusqu'à la cheminée dans un épais boqueteau ; chaque pré est délimité par du fil de fer et des chevaux lents à la crinière blanche, des vaches brunes y paissent en rang ; en réalité, ces dernières sont attachées à des piquets qu'on ne distingue pas, de sorte qu'on est surpris de voir que les vaches, ici, sont si bien élevées qu'elles broutent à distances parfaitement régulières. Ou alors elles s'allongent toutes majestueu-

sement, et mâchent et remâchent en cadence. Ou alors c'est un troupeau de moutons, sans un seul mouton noir ou galeux, rien que des petits moutons élus qui broutent à la droite du Créateur. Ou encore, immobiles et béats, des buissons de sureau se repaissent, des bosquets de saules tout ronds, des arbres gros et gras ruminent paisiblement l'eau de la terre, le vent et la lumière argentée du jour. Partout, les pâturages de Dieu. Rien qu'une vaste exploitation divine, si soignée, si bien conçue qu'on n'y voit pas trace du labeur humain. On a somme toute l'impression que tout a été sorti d'un immense coffre à jouets, que tout a été élégamment disposé sur cette plaine lisse : voilà, les enfants, amusez-vous bien ; par ici, des maisons et des étables, par là, des vaches brunes et des chevaux à la crinière blanche. Voici une petite église blanche, je vais même vous dire pourquoi son clocher a treize créneaux : ce sont les douze apôtres et, au-dessus, Jésus-Christ lui-même. Et maintenant, plantez-moi tout ça dans les verts pâturages, en lignes et en carrés, que l'ensemble produise une vue bien garnie ; mettez le moulin à vent par ici et par là le facteur, avec son uniforme rouge ; disposez ici des arbres crépus et là quelques figurines d'enfants qui font des signes de la main (il doit bien y avoir un petit train) ; et maintenant, dites-moi si ce jeu n'est pas beau ! Ma foi, mais oui, on est à Odense, la ville d'Andersen ; voilà pourquoi tous ces jouets sont animés, voilà pourquoi les vaches remuent la queue, les chevaux relèvent leur belle tête et les figurines vont de-ci de-là, quoique doucement, sans bruit. C'est ainsi la Fionie.

Et puisque l'on est en Fionie, il faut ajouter de la mer tout autour ; une mer lisse et claire parsemée de petits bateaux-jouets, de plumets blancs des voiles et de châles noirs des vapeurs ; et puisqu'il s'agit d'un jeu, poussons notre petit train dans un bateau, et roulons sur la mer. Ne vous avais-je pas dit que c'était un jeu ? Voyons, il n'y a que des enfants sur ce bateau qui s'en va fumant à travers le Grand Belt – des bambins aux yeux bleus, couverts de taches de rousseur, des marmots, des petites filles, des rouquins et des mioches qui s'agitent et piaillent, ils grouillent sur le pont comme des poules dans un poulailler. Dieu seul sait où l'on emmène ce genre de marchandise ; et toutes les mouettes du Belt, qui se sont

donné rendez-vous pour admirer cet alevin humain, accompagnent le bateau tel un immense étendard criard et vacillant.

Ces lignes droites et basses à l'horizon, c'est le Danemark ; derrière nous, la Fionie, devant, Sjælland, les îles de Sprogø et d'Agersø ; difficile de croire que des hommes, des vaches et des chevaux puissent vivre sur une ligne si fine. Mais c'est ainsi, le Danemark n'est fait que d'un horizon net, sans accroc ; ça leur en fait, du ciel au-dessus de la tête !

Sjælland, un pré vert où paissent des vaches, des moutons et des chevaux ; regarde ce joli paysage, des vaches, rien que des vaches, une vacherie bénie du bon Dieu ! Les haies, de l'hièble et du genêt à balais, dans les prés, des aulnes et des saules ; et au-dessus de chaque ferme, les couronnes lourdes et touffues d'arbres imposants comme des cathédrales. On

dirait un parc, mais c'est une usine à beurre, à œufs et à cochons; on a le sentiment que les vaches ne sont là que pour faire joli et pour apporter un peu de divine tranquillité. Très peu de gens; et si par hasard il y a quelqu'un, c'est un jardinier qui porte un chapeau de paille, ou, le plus souvent, un hongre à crinière blanche qui regarde passer le train d'un œil grave et sage, puis hausse les épaules. – Pourquoi tant de hâte? – Mais, c'est que nous allons voir le Nord, cheval! – Et qu'allez-vous faire là-bas? – Voir le Nord et apprendre comment y vivent les hommes, les chevaux et les rennes. – Les rennes? Qu'est-ce que c'est? – Une espèce de bestiau, cheval; ils ont des cornes et tirent un traîneau, comme toi. – Mais je ne tire rien du tout, voyons ! As-tu déjà vu ici des chevaux de trait ? Nous autres, nous ne faisons que brouter, et parfois aussi cogiter, à nous en faire blanchir le crin.

Un pays doux et propret ; de jeunes sapins en guise de clôture, comme quand les mamans découpaient, autrefois, des guirlandes pointues dans du papier qu'elles accrochaient au buffet ; des vaches, encore des vaches, d'anciennes petites villes et des fermes neuves, une église, un moulin à vent – l'ensemble disposé de loin en loin, pour que tout, au premier regard, ait l'air petit, comme des jouets sortis d'un coffre ; finalement, plutôt Andersen que Kierkegaard. Oui, un pays prospère, un pays de beurre, de lait, de tranquillité et de sérénité. Mais alors, pourquoi dit-on que le taux de suicide est ici des plus élevés ? Peut-être justement parce que ce pays est fait pour les gens heureux et tranquilles, non ? Une personne malheureuse n'aurait pas sa place ici ; elle aurait si honte de son chagrin qu'elle en mourrait.

Une dernière chose : les forêts danoises. En fait, ce ne sont pas des forêts, mais des bosquets ; des bosquets de hêtres et des temples de chênes, des cohortes d'aulnes, des massifs bouclés et des sanctuaires druidiques d'arbres antédiluviens ; des bois pour les amants, des bois vénérables, mais pas ces masses grondantes que l'on appelle forêts. Bref, un pays aimable et agréable, paisible et décent en tous points ; d'ailleurs, on ne dirait pas un pays, mais plutôt une bonne et grande exploitation agricole que le Créateur lui-même aurait pris soin de bien gérer et de faire prospérer.

## KØBENHAVN

Le Danemark : un enfant gras de la campagne, à la caboche trop grosse et trop intelligente. Imaginez une ville d'un million d'habitants à la tête d'un pays qui en compte trois ; une belle ville, royale et quasi neuve, vaste et vivante. Il paraît qu'il y a quelques siècles à peine, chaque nuit, on fermait les portes de Copenhague et on déposait les clefs sur la table de nuit du roi du Danemark lui-même. Aujourd'hui, la ville n'a plus de portes, et on l'appelle le Paris du Nord. (Dans les îles Lofoten et Vesterålen, c'est Tromsø que l'on considère comme le Paris du Nord, mais là-bas, les gens ont des mœurs fort différentes.) La Copenhague actuelle a la réputation d'être insouciante, voire licencieuse ; c'est pourquoi on lui a prédit une fin sinistre. Il y a en effet dans la ville la statue équestre d'un roi ; et comme cette statue est faite de plomb, le cheval de plomb sur lequel est monté le roi de plomb s'affaisse peu à peu, et son ventre se rapproche lentement de la terre. On dit que lorsque le ventre du cheval touchera le socle de la statue, Copenhague tombera. Et, vrai, j'ai vu des personnes âgées et des jeunes gens rester assis tard dans la nuit sur des bancs, sous la statue ; ils attendaient sans doute un présage de cette ruine.

Quand on parle de Copenhague, on pense à sa porcelaine ; mais on y trouve bien d'autres choses dignes d'intérêt, telles par exemple :

1. Des gens à vélo. Il y en a autant ici qu'en Hollande, et ils vrombissent dans les rues en essaims compacts, en flot ou par paires plus ou moins unies. Ici, le vélo n'est plus un moyen de transport, c'est quelque chose comme un élément naturel, au même titre que la terre, l'air, l'eau et le feu.

2. Des magasins de prêt-à-porter. Je n'ai jamais vu autant de magasins de mode féminine qu'à Copenhague; c'est un véritable phénomène de masse, comme les brasseries à Prague ou les cafés dans les ports au-delà du cercle polaire.

3. Aucun agent de police dans les rues. « Nous veillons sur nous-mêmes. »

4. La Garde royale, avec ses énormes toques de fourrure. J'ai vu une douzaine de gardes et c'était impressionnant. « Ce que vous voyez là, a dit notre guide avec fierté, c'est la moitié de notre armée. »

5. Des collections d'art. Qui veut voir des œuvres de sculpteurs français, Falguière, Carpeaux, Rodin, ou qui s'intéresse à Gauguin devrait se rendre à Copenhague. Tout cela grâce à la bière. C'est en effet ici que se trouve la fameuse brasserie

Carlsberg, dont une bonne partie des revenus sert à financer le Fonds Carlsberg[7], consacré aux arts et aux sciences. Mon Dieu, si les Tchèques buvaient au profit de l'art, ça en ferait, des statues et des tableaux ! Seulement voilà, Carl Jacobsen et sa femme Ottilia ne peuvent pas naître dans tous les pays, ça non ! Ce serait trop beau.

6. Svend Borberg. Journaliste, écrivain, danseur, comédien et sculpteur, il est le petit-fils par alliance d'Ibsen et de Bjørnson ; un homme maigre, magnifique, avec un visage de diplomate de l'époque du congrès de Vienne[8]. Celui qui est allé à

7. Le Fonds Carlsberg fut fondé par le brasseur et mécène danois Jakob Christian Jacobsen (1811-1887) et son fils Carl (1842-1914), docteur en philosophie, qui, avec sa femme Ottilia, rassembla une importante collection de sculptures antiques, dont il fit don à la ville de Copenhague.

8. Ce congrès, auquel participèrent la Grande-Bretagne, la Russie, l'Autriche et la Prusse, fut organisé après la défaite de Napoléon, afin de redessiner la carte politique de l'Europe. Il se déroula de septembre 1814 à juin 1815.

Copenhague sans rencontrer Borberg ne sait rien et a couru en vain le long du Tivoli, depuis le Vesterbrogade jusqu'à l'Amalienborg; mais qu'il aille au Tivoli, car…

7. le Tivoli est la capitale de Copenhague, une ville de balançoires, de baraques de tir, de fontaines, de brasseries et de jeux, une ville d'enfants, de jardins et du peuple tout entier, un grand parc d'attractions, sans doute unique au monde par sa notoriété, sa cordialité populaire et son exubérance foraine, naïve et joyeuse…

8. Quoi d'autre? Ah oui, des canaux et des marchés aux poissons, des palais royaux et des tavernes de marins où bourdonnent les accordéons dans la nuit diaphane, de vieilles et respectables demeures de riches marchands, des pierres runiques et de joyeuses jeunes filles en robes imprimées achetées dans les magasins de prêt-à-porter, de gros enfants en bonne santé.

9. Oui, de gros enfants en bonne santé, nourris au fromage et au lait, comme cette petite Anneke que l'on voit dessinée ici, dans sa petite maison danoise pleine de lumière.

10. Et aucun mendiant, aucune trace de saleté ni de misère ; il y eut un Noël, autrefois, où l'on ne compta dans tout le Danemark que seize personnes n'ayant pas où dormir. Et ici, tu n'es jamais considéré avec défiance ; tu commandes un whisky dans une auberge et on t'apporte une pleine bouteille : tu nous diras toi-même combien de verres tu t'es servis. Vrai, il ferait bon vivre ici, mais voilà, les amis, nous ne sommes que de passage, et d'ailleurs, portez-vous bien.

11. Une toute dernière promenade dans Langelinie[9] pour voir les vapeurs étincelants s'en venant de Göteborg ou s'en allant vers Malmö, dans la claire nuit nordique ; curieux comme on envie toujours les bateaux qui appareillent et la côte qui s'éloigne.

◈

Et puis Helsingør, c'est-à-dire l'Elseneur de Hamlet, et le château de Kronborg. Et toujours des plages danoises avec leur mer nacrée, des chaumières danoises submergées de rosiers grimpants, des bois de hêtres et des troupeaux de vaches brunes. C'est alors qu'apparaît Kronborg, ou plutôt Elseneur. Ma foi, le château n'évoque pas vraiment un prince mélancolique, sauf peut-être par ses dimensions monumentales ; et sur le bastion hanté par le fantôme, on ne trouve plus aujourd'hui que huit canons et un petit soldat danois qui scrute, menaçant, les rives de la Suède au loin. Jadis, les navires avaient à payer un droit de passage, mais à présent, on

9. Quartier du port de Copenhague.

se contente de tirer un coup de canon en guise de salut lorsqu'un navire de guerre passe au large. Plus aucune bataille n'aura lieu ici.

Ce rivage bas et bleu, en face, c'est donc celui de la Suède. Prenons poliment congé, selon la coutume danoise, de ce pays doux et accueillant que nous laissons derrière nous. Pour cela, il faut lever un petit verre d'aquavit en arborant un air incroyablement sérieux, les lèvres serrées et les yeux concentrés, comme quand on accouche d'une pensée profonde ; après quoi, il s'agit de fixer Svend Borberg avec intensité, passion, presque comme dans un transport amoureux, de murmurer « *Skaal* » et de se verser l'aquavit dans le gosier avec une gracieuse inclinaison. C'est un art des plus difficiles, surtout quand on le pratique souvent et que l'on doit vider son verre cul sec. Et le voyageur consciencieux se souviendra longtemps des seules montagnes danoises qu'il a gravies en gémissant. Des montagnes de nourriture.

# DE L'AUTRE CÔTÉ
# DE L'ØRESUND

DU DANEMARK À LA SUÈDE, il n'y a qu'un pas, surtout si vous le faites entre Copenhague et Malmö ou entre Helsingør et Helsingborg. Une fois entré sur le territoire suédois, il vous faudra cependant remplir un long formulaire, qui êtes-vous et où êtes-vous né et pourquoi êtes-vous né et que venez-vous faire en Suède ; c'est peut-être une manière de s'assurer par voie administrative que vous n'êtes pas le roi du Danemark venu envahir les *län*[10] de Suède, comme celui-ci a pris l'habitude de le faire au cours de l'histoire.

Il fut en effet un temps où les Danois régnaient sur les deux rives de l'Øresund et prélevaient la taxe évoquée plus tôt sur les navires marchands ; c'est pourquoi le paysage présente peu de différences sur l'une et l'autre rives du Sund. Une plaine douce et paisible, à peine onduleuse, juste assez pour que l'on n'aille pas dire qu'elle est plate comme une table ; dans les prés, des troupeaux de vaches tachetées ; des petits clochers crénelés qui émergent des arbres ; ici ou là, des moulins ailés, des maisons blanches et des fermes, blottis au

10. Subdivision administrative suédoise.

milieu de chênes centenaires ; et une abondance divine de pis gonflés, de blés et d'herbe grasse. Mais soudain, voilà que l'on aperçoit, au lieu des maisons blanches, des bâtisses de bois peintes en rouge, aux fenêtres et aux pignons joliment encadrés de blanc ; un bouleau apparaît, puis plusieurs, ainsi que de sombres forêts, et d'autres bouleaux à l'écorce blanche, et à nouveau des bâtisses peintes en rouge ; la terre se plisse, forme des collines et des buttes, et, de-ci de-là, émergent des blocs de granit. Il y en a partout, de ce granit. Je ne crois pas que les Danois aient jamais régné ici ; il n'y aurait pas autant de blocs rocheux ; au Danemark, on n'en trouve pas, sauf peut-être sur les tertres funéraires des héros du passé. C'est donc ça, la Suède : le pays du granit.

Des blocs de pierre noire et des prés verts, des forêts noires et des bouleaux blancs, des petites maisons rouges frangées de blanc, des petites vaches noir et blanc, des corneilles noires, des pies noir et blanc, des surfaces d'eau argentées, des genévriers noirs et des spirées blanches ; du noir et du blanc, du rouge et du vert. Et des blocs de granit toujours plus nombreux ; certains disséminés dans la mer, d'autres émergeant des forêts, surgissant de terre au beau milieu des prés ou des champs de seigle ; des rochers erratiques, gros comme des maisons, de lourdes pierres et des plaques de granit poli ; des monceaux de cailloux, mais aucune véritable formation

rocheuse ; rien que des blocs roulés, traînés et amoncelés, bref, une seule et vaste moraine, comme disent les livres ; ce pays a été bâti par un glacier ; il n'y a que là-bas, du côté danois, qu'il a laissé un peu de place aux alluvions, pour qu'ils montrent ce dont ils sont capables. Mais eux ne remontent qu'au cambrien et au silurien ; tandis que ce pays, vois-tu, est vraiment vieux ; que viendraient faire de la craie ou du grès par ici ? Te souviens-tu de ces blocs de granit égarés que tu as découverts, enfant, dans la forêt tchèque ? Ils ont eux aussi

été semés par un glacier, paraît-il. Pour un peu, on se croirait chez nous parmi ces montagnes millénaires.

En Suède, pour autant que je sache, ces rocs furent utilisés au néolithique pour édifier des tertres et des tumulus, mais aussi pour graver des runes, et, plus tard, pour élever des murs et des clôtures autour des fermes et entre les parcelles. Ainsi, dans cette clairière située en pleine forêt, il ne pousse que quelques rochers, quelques pieds de genévriers et des coussinets d'herbe rêche ou de mousse, mais les murets qui la délimitent sont faits de roches qu'on dirait ramassées et

entassées par des géants (du paléolithique) ; pour construire les maisons, en revanche, on n'utilise pas cette pierre froide, mais plutôt du bois chaud et odorant.

Jamais je ne me suis lassé de vous, petites fermes suédoises rouges aux liserés blancs, si uniformes à travers ce vaste territoire, et pourtant si amusantes dans votre infinie diversité ! La moindre cabane de bûcheron, au fin fond de la forêt, est faite des mêmes planches, maquillée du même rouge et du même blanc que la maison la plus imposante et la plus riche ; mais, tout comme il n'y a pas deux visages au monde qui soient identiques, je n'ai pas vu deux fermes suédoises similaires parmi les milliers que j'ai saluées sur ma route. Chacune d'elles est un agrégat particulier de bâtisses, d'écuries, d'étables, de granges, de fenils et de remises, de greniers, de buanderies, d'appentis et de poulaillers ; la configuration des toits, des auvents, des pignons, des porches et des lucarnes est chaque fois différente. Les fenêtres, leur encadrement et leur disposition, lâche ou resserrée, sur les façades, semblent défier l'imagination : tantôt en largeur, tantôt en longueur, ici carrées, là triangulaires, ailleurs en losange ou en demi-cercle, en rang par deux ou par trois. J'aurais volontiers continué à les dessiner indéfiniment, mais, sans rouge, ni blanc ni vert, ça n'en vaut pas la peine ; et puis ces maisons, aux innombrables dépendances agglutinées et emboîtées, sont un cauchemar pour la perspective. C'est pourquoi je vais devoir vous laisser, chères petites fermes suédoises, parmi vos pâturages, vos murets de granit, vos saulaies et vos arbres antiques, et vais me tourner vers autre chose, disons les bois ou les lacs ; mais je voudrais encore signaler qu'ici, les paysans ont une manière de faire sécher le foin unique au monde : les meules, montées sur des piquets reliés entre eux par du fil de fer ou par des planches, évoquent l'échine d'une chèvre ; si, en Suède, on fait même sécher les gerbes de seigle sur des piquets, c'est sans doute parce qu'il y a trop de bois, et que les eaux du ciel sont trop abondantes.

Il me faut enfin prononcer le mot principal, le mot essentiel : forêts. Il paraît que les forêts couvrent six dixièmes de la Suède, mais pour ma part, je suis sûr qu'il y en a plus encore ; ce sont des forêts qui ont dû pousser dans les cinquante ou les cent premières années durant lesquelles la nature en était encore à faire des essais sur la végétation septentrionale, tant y est grande la profusion d'idées originales et luxuriantes. Non pas qu'il pousse ici n'importe quoi ; on ne trouve rien d'autre que des pins, des sapins, des épicéas, des bouleaux et

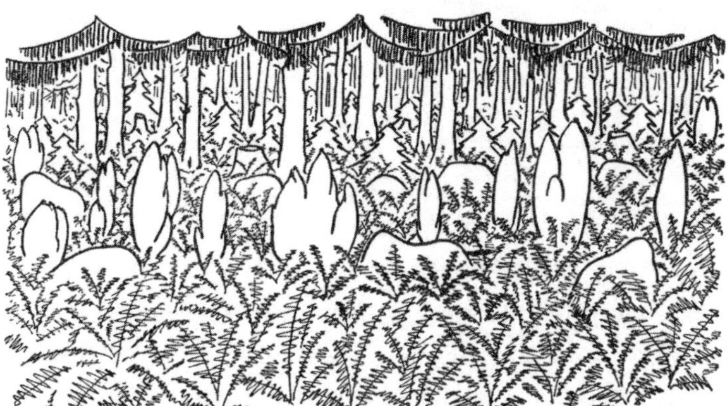

des aulnes sombres, sans oublier les genévriers ; toujours la même chose, indéfiniment répétée, mais, jamais tu ne t'en lasseras, jamais tu n'en auras assez d'observer cette plénitude végétale. De la mousse jusqu'aux chevilles, des myrtilles jusqu'aux genoux et des fougères presque jusqu'à la ceinture ;

les flammes noires des genévriers et les bouquets de corail, d'un blanc éclatant, formés par les bouleaux ; des branches mortes, des chablis comme on en trouve dans la forêt vierge ; des lourdes ramures, pesant jusqu'à terre ; des forêts infinies, impénétrables, qui se développent par essaimage, des forêts

anciennes et toujours renouvelées, qui prolifèrent librement, si denses, si compactes qu'elles constituent une véritable matière. Ce ne sont pas ces sous-bois, ces jeunes bosquets, ces taillis et ces vieilles forêts que l'on trouve chez nous, mais tout cela à la fois ; à la fois des bouleaux, des pins et des sapins ; à la fois la forêt vierge et la sylviculture, une jungle nordique et une forêt de contes de fées, de lutins et de géants, une authentique forêt germanique et une immense usine à bois ; on y voit encore courir des élans barbus, au long mufle et aux bois en forme de pelle, et je serais bien surpris de ne pas croiser par ici un loup, un Petit Chaperon rouge, une licorne et d'autres bêtes sauvages.

Du granit noir, des bouleaux blancs, des fermes rouges et des forêts noires : pour que la première impression soit complète, il ne manque plus que les lacs argentés. Ils scintillent par intermittence parmi les forêts, de tailles et de formes variables : ici une petite mare noire sur un lit de tourbe ; là une longue lame d'argent qui s'enfonce à perte de vue dans la masse sombre de la forêt ; des lacs entourés de saules argentés, reflétant un ciel clair, et parsemés de nymphéas et de nénuphars ; des lacs ridés sur lesquels voguent de petites îles, comme des forêts flottantes et enchantées ; des surfaces d'acier froid fichées entre le granit et l'insondable forêt vierge ; puis, des étendues d'eau sans fin, sillonnées par des petits bateaux à voile ou à vapeur, avec là-bas, au loin, la ligne argentée de l'horizon – mes amis, que ce monde est vaste ! Mais il se referme à présent. Sur les deux rives s'élève une futaie si haute qu'on a bientôt plus qu'un mince ruban d'azur au-dessus de la tête ; puis voilà la hache brillante du lac à nouveau brandie, taillant de la place au ciel, aux lointains, à la lumière et à un étincellement éblouissant ; une fine lame de rivière argentée se plante dans la forêt, et le miroir uni d'un petit lac couvert de nénuphars lance un éclair, une ferme rouge se reflète dans l'onde silencieuse, des bouleaux blancs et des aulnes noirs, des vaches noir et blanc sur une rive verte

comme de la mousse – Dieu soit loué, voici qu'à nouveau, hommes, vaches et corneilles peuplent les rivages plats des eaux et des forêts profondes.

## STOCKHOLM ET LES SUÉDOIS

Stockholm s'affiche ainsi : au beau milieu de la ville s'élève un pont dont la taille est relativement négligeable en comparaison de celle des ponts les plus célèbres du monde, mais qui présente la particularité suivante : d'un côté, l'eau s'étend pour former une multitude de *viken*, de *fjärden* et de *sundet*, de *sjön* et de *holmen*[11], de baies, de criques, de bras de mer et d'îles, qui finissent par constituer la Baltique ; de l'autre, l'eau s'étend là encore sur des centaines et des centaines de kilomètres, dessinant une myriade de chenaux, de méandres, de *sundet* et de *strömen*[12], de *fjärden*, de *sjön*, de *viken* et de *holmen*, qui, considérés dans leur ensemble, portent le nom de lac Mälaren ; et, comme la ville de Stockholm est partiellement construite sur les îles en question, le voyageur n'est jamais certain d'être sur la terre ferme, sur une île ou sur une simple presqu'île, sur la mer ou sur un lac d'eau douce. En ce qui concerne ces îles et ces îlots, on appelle ceux qui se trouvent en mer des *skären*, lesquels sont si nombreux que tout Suédois un tantinet aisé en possède un, ainsi qu'un canot à moteur, et peut donc se baigner dans sa crique personnelle ;

---

11. *Viken* : anses ; *fjärden* : baies (pluriel de fjord) ; *sundet* : détroits ; *sjön* : lacs ; *holmen* : îlots.
12. *Strömen* : Flots.

d'ailleurs, ces canots sont aussi nombreux que des mouches et l'on entend à chaque instant un moteur bruyant et empressé pétarader en direction d'un îlot rocheux qui abrite une trentaine de pins et une petite maison familiale ; tout cela doit donner un sacré boulot au facteur, s'il doit passer d'île en île tous les jours.

Stockholm est une ville animée, avenante et qui arbore fièrement sa richesse : on y trouve une foule de rois en bronze, de cyclistes, de jolies jeunes filles tout en jambes et de gaillards à la taille quasi surnaturelle pour la plupart ; bien qu'il s'agisse d'une race parfaite, personne, ici, n'a développé de théorie raciale. Ces gens sont presque tous grands et ont presque tous les cheveux blonds, ils sont larges d'épaules et ont les hanches étroites ; mais, surtout, ils sont silencieux. Ici, on n'entendra klaxonner aucune voiture, ni jurer aucun conducteur ; que chacun prenne garde à soi, aux autres, se salue et n'aille pas faire de ramdam. Puis il y a un palais royal qui rappelle un gigantesque presse-papiers cubique au-dessus de la mer; la Cave de Bellman[13], où l'on peut encore de nos jours faire bonne chère à la mémoire du poète épicurien du même nom; de vieux chênes qui poussent dans le Djurgården[14] en souvenir du même Bellman; dans le Skansen[15], de vieux cottages et des moulins à vent rapportés des quatre coins de la Suède, avec leurs petites vieilles en costume traditionnel, leurs ours blancs, leurs phoques, leurs élans et leurs rennes; et puis, au Nordiska Museet, des objets artisanaux peints et sculptés qui témoignent d'un folklore incroyablement riche – il a dû en falloir, des longues nuits boréales, pour que les hommes prennent un couteau et se mettent à bricoler, à tailler, à sculpter disons le pédalier d'un rouet jusqu'à le ciseler aussi finement que de la dentelle. Et, sur les murs des isbas, de longues frises peintes de personnages, pour que, même pendant les longues nuits nordiques, on puisse croiser des cortèges humains. Que la nature humaine est créative! Quelle joie naïve peuvent susciter ces objets peints et sculptés, martelés, brodés et tissés! Des îles Fidji aux confins du cercle polaire, c'est partout la même chose: l'homme n'est pas seulement là pour trouver sa pitance, mais pour représenter le monde et créer des choses – pour leur beauté et pour son propre plaisir; quoique, de nos jours, on ne sculpte plus

13. Restaurant dont le nom est un hommage au poète suédois Carl Michael Bellman (1740-1795), auteur de poèmes galants et à boire, dont beaucoup sont entrés dans la tradition populaire.

14. Île abritant plusieurs musées, ainsi qu'un jardin zoologique et un parc d'attractions.

15. Musée des Arts et Traditions populaires de plein air.

de décorations, ni de bibelots, mais on répare sa moto ou on s'instruit en lisant les journaux. Que voulez-vous, on n'arrête pas le progrès.

Il y a encore ici l'immense mairie d'Östberg, le plus grand palais moderne que j'aie jamais vu, avec des salles si fastueuses qu'on les dirait faites pour célébrer la messe, accueillir des congrès internationaux, voire des conseils d'administration ; des rues claires avec à chaque fenêtre des volets orange, bleus ou rouges ; des quartiers ouvriers, avec leurs petites maisons alignées, conçues comme un accordéon pour que les habitants ne puissent pas donner directement sur la fenêtre de leurs voisins ; des quartiers résidentiels situés en forêt, dont chaque villa arbore un joyeux petit étendard, et dont chaque jardin abrite une petite maison pour enfants, afin que ces derniers puissent jouer dans leur propre monde ; un téléphone qui vous annonce l'heure qu'il est et les prévisions météorologiques à tout moment du jour et de la nuit, qui vous réveille quand vous le désirez et vous transmet vos messages quand vous rentrez chez vous ; beaucoup de routes et de ponts neufs, peu de place pour la politique, des

chiens sans muselière, des jeunes filles sans fard, des rues sans agents de police, des cabines de bain sans clef, des portails sans verrou, des vélos et des voitures garés dans les rues sans surveillance, un monde sans ces sempiternelles peur et méfiance.

Et le plus étrange, ce jour boréal qui n'en finit pas, et cette nuit blanche qui n'incite pas à aller se coucher, qui fait qu'on ne sait pas s'il fait déjà jour ou encore jour, si les passants sont déjà debout ou toujours debout : la nuit ne tombe pas, c'est tout juste si le ciel pâlit, l'air devient spectral et translucide ; cela n'a rien à voir avec les ténèbres, c'est une lumière trompeuse et fantomatique, sans source et qui semble émaner des murs, des routes et des eaux…

Alors les voix s'éteignent et l'on reste assis.

C'est tout.

◈

On reste assis, car telles sont les règles de l'hospitalité suédoise. Pas question d'aller se coucher tant que la maîtresse de maison n'a pas servi à ses hôtes, après de nombreuses autres boissons, une tasse de thé. Il est d'usage que l'invité assis à sa droite porte un toast ou fasse un discours à la gloire de ses hôtes ; le maître de maison en fait ensuite autant en l'honneur de chacun de ses invités ; et ces derniers, le repas tout juste terminé et ayant à peine ôté leur serviette, se mettent à la queue leu leu pour remercier la maîtresse des lieux. On dit que cette coutume est née lors d'une famine qui sévit dans un siècle que j'ai oublié ; en tout cas, ce devait être il y a bien longtemps, car, de nos jours, en temps de famine, on ne s'invite plus à manger, on fait du commerce. Somme toute, les Suédois semblent être à cheval sur l'étiquette ; ils sont terriblement dignes et comme naturellement distingués. Au Tivoli local, j'ai vu un orchestre jouer en plein air du jazz cubain de La Havane ; sans un mot, l'air sérieux, le peuple de Stockholm attendait ce groupe de bouffons créoles aussi religieusement qu'un sermon dominical. Je ne suis pas particulièrement petit, mais au milieu de ces grands Suédois silencieux, j'avais l'impression d'être un enfant perdu dans la forêt. De la même façon, à l'heure d'affluence à la terrasse d'un restaurant, les clients, plutôt que de se battre comme en Europe, font la queue en attendant patiemment qu'un vénérable serveur les mène à une table libre. S'il en est ainsi pour tout le reste, être roi ne doit pas être bien difficile ici, car gouverner des seigneurs ne doit pas être une tâche ardue.

Loin de moi l'idée d'affirmer que j'ai véritablement fait connaissance avec le peuple suédois, ses mœurs et ses coutumes ; mais, lorsqu'on est étranger, qu'on voyage, on est attentif aux détails, comme les restaurants ou la route. Le fait qu'un restaurant soit propre et que la cuisine y soit bonne n'est guère notable, cela est la moindre des choses ; mais quand vous commandez un *frokost*[16] à deux couronnes et un *ör*[17], vous avez le droit de vous servir à votre guise sur la grande table placée au centre de la salle ; il y a là divers poissons, sala-

16. Petit-déjeuner.

17. Centime de couronne suédoise.

des, rôtis et fromages, du pain et du jambon, des écrevisses et des crabes, des harengs, du beurre et des anguilles, vous ne savez pas par quoi commencer ; on vous sert un plat chaud sur une assiette et, une fois que vous l'avez avalé, on vous ressert la même chose, ravi que vous fassiez honneur à la cuisine ; et quand vous êtes persuadé d'avoir ruiné le patron, on vous apporte alors le livre d'or pour que vous écriviez quelques mots de remerciement. Et tant pis si vous avez mangé plus qu'à satiété, car il s'agit finalement d'autre chose que de votre estomac, de quelque chose qui ne s'achète pas : le respect et la confiance témoignés au moindre étranger en visite.

Venons-en à la route : on en construit tant, ici, des routes, qu'il faut sans cesse faire des détours par d'étroits chemins à travers champs ; et si vous y croisez un camion, il se flanquera dans le fossé pour vous faire de la place ; si vous y croisez une voiture, de loin elle reculera pour vous laisser passer ; jamais aucun chauffeur ne vous insultera, il portera au contraire la main à sa casquette en guise de salut. Ici, tous les conducteurs se saluent, et saluent chaque cycliste et chaque piéton. Et les cyclistes et les piétons saluent chaque véhicule qui les enveloppe d'un nuage de poussière.

Je sais, ce sont des détails, mais le voyageur cueille une petite fleur au bord de la route et fait de cette vétille un souvenir. Et ce n'est peut-être pas un détail lorsqu'un voyageur se sent en terre étrangère plus humain et plus noble que partout ailleurs dans le monde.

## AUTOUR DE STOCKHOLM

Les environs de Stockholm, ce sont surtout la mer, le Mälaren[18] et des lacs de tailles diverses ; mais, au premier regard, impossible de les distinguer les uns des autres ; on n'aperçoit que des îlots, des golfes et des presqu'îles, et, tout autour, des forêts et encore des forêts. Bien sûr, le Mälaren est le plus grand de tous et, si je ne m'abuse, il est présent de tous les côtés, de partout ; où que vous alliez, lorsque vous quitterez Stockholm, vous apercevrez la baie d'un lac, et l'on vous dira que c'est un bras du Mälaren. Si j'étais suédois, je considérerais la mer Baltique, le Hardangerfjord[19], le Zuiderzee[20], la Manche, l'océan Atlantique et ses dépendances, le lac de Genève, le détroit de Magellan, la mer Rouge, le golfe du

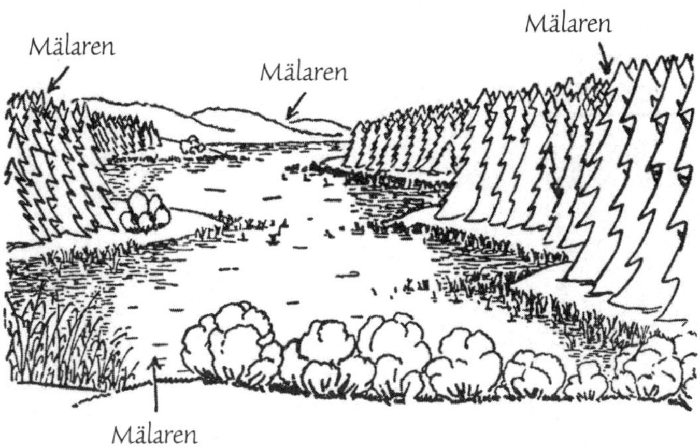


18. Troisième lac le plus étendu de Suède (1 140 km²).
19. L'un des plus grands fjords de Norvège, situé à l'ouest du pays.
20. Large golfe situé au nord des Pays-Bas.

Mexique et les étangs de Jevany[21], bref, toutes les eaux du monde, comme des baies et des bras du Mälaren ; car c'est une bien grande et bien admirable étendue d'eau. Pour que vous puissiez vous aussi voir comme il est beau, j'ai dessiné sur une feuille ses différents types de berges et d'îles, ainsi que la végétation qui les couvre – pins et sapins, saules, aulnes, chênes, joncs et laîches, nénuphars et rochers.

À certains endroits, qui, par extraordinaire, ne sont pas couverts par les eaux du Mälaren, on trouve d'anciens châteaux, comme celui de Skokloster ; il s'agit en l'occurrence d'un énorme édifice entouré d'un vieux parc ; c'est une propriété privée, mais, comme le château abrite des collections, il est ouvert au public ; devant la forteresse, dix mètres carrés de pelouse ont néanmoins été cernés de fil de fer par le propriétaire, issu de la lignée des Brahe[22], et y est planté un écriteau qui dit : « Propriété privée. » En contrebas du château, on retrouve bien sûr le lac Mälaren. Il y a aussi le château de Drottningholm, qui ressemble un peu à celui de Versailles, mais en plus petit ; les fontaines et les statues qui ornent le parc sont des œuvres d'Adrien de Vries[23], qui, c'est de notoriété publique, se trouvaient autrefois au palais Wallenstein, à Prague ; comme vous le savez, les Suédois nous les ont volées il y a trois siècles, puis les Danois les ont volées à leur tour

21. Petits étangs situés à une trentaine de kilomètres à l'est de Prague.
22. Famille aristocratique de Danemark et de Suède dont furent issus de nombreux rois et hommes d'État.
23. Adrien de Vries (v. 1555-1626), sculpteur et fondeur hollandais.

aux Suédois, mais ont dû les leur rendre peu après ; on appelle ça les aléas de l'histoire. Le théâtre rococo du château fut construit par l'exubérant roi Gustave III[24], qui y joua et pour lequel il écrivit des pièces et créa des costumes ; mais, comme on sait, il est bien rare que nous autres artistes et écrivains connaissions la gloire de notre vivant, et c'est ainsi que le roi Gustave fut poignardé par un cavalier au cours d'un bal. Les décors et la machinerie d'époque du théâtre sont encore en état de marche ; le ressac, en particulier, fonctionne toujours aussi bien ; d'ailleurs, il grince et couine aussi fort que les engins que nous utilisons dans les théâtres les plus modernes. Et puis il y a aussi les loges pour messieurs les comédiens, les garde-robes, les accessoires et les costumes d'époque ; règne une odeur de poussière, de vanité et de renfermé, comme dans tous les théâtres du monde quand il y a relâche ; mais il est surprenant de voir à quel point l'ensemble est bien conservé ! Dans la salle se dresse un trône entouré de plusieurs rangées de fauteuils, marquées d'une pancarte indiquant les spectateurs qui devaient y prendre place : diplomates, dames de la cour, chambellans, officiers, pages, et ainsi de suite ; à l'époque, les gens étaient encore disposés les uns derrière les autres, et non de droite à gauche, comme aujourd'hui. Dans le parc paissent des moutons, et devant le château, bien sûr, on retrouve le lac Mälaren. Il y a aussi un lieu appelé Sigtuna, où se trouvent les ruines de quatre églises, une

---

24. Gustave III (1746-1792), roi de Suède de 1771 à sa mort, despote éclairé, assassiné par la noblesse pour avoir voulu réduire ses privilèges.

université – et le lac Mälaren ; il y avait autrefois un domaine royal près de là ; les lieux de ce type sont légion en Suède.

Uppsala : ici, pas de Mälaren, mais un vieux château avec de belles salles en chêne et une cathédrale, celle des archevêques d'Uppsala, où reposent Linné et Swedenborg[25], et où prêchait le docteur Söderblom[26] (il est aujourd'hui six pieds sous terre, mais je le vois encore, assis sur un bouquet de serpolet au bout d'un pré, quelque part en Slovaquie, en train d'affirmer qu'un jour les hommes seront raisonnables, et qu'il n'y aura alors plus qu'une Église, un Dieu et une paix pour tous les peuples du monde) ; dans la célèbre université de la ville, des foyers qui accueillent treize « nations » : il s'agit en réalité des différentes régions de la Suède, qui, j'espère, se comportent en vraies nations civilisées, cultivant toutes les querelles possibles, les haines ancestrales et les guerres meurtrières ; et puis il y a aussi la bibliothèque universitaire, qui contient l'un des livres les plus rares au monde, la bible gothi-

25. Carl von Linné (1707-1778), naturaliste suédois, fondateur de la nomenclature binominale des espèces. Emanuel Swedenborg (1688-1772), philosophe mystique et savant suédois.

26. Nathan Söderblom (1866-1931), historien suédois, archevêque de l'Église protestante luthérienne de Suède.

que de Wulfila, le *Codex argenteus*[27], rédigé à l'encre d'argent sur un parchemin pourpre enluminé d'arcades et de colonnes ; au temps de Rodolphe II, le livre était détenu par les Tchèques, au château de Prague, mais il fit partie du butin qu'emportèrent les Suédois. D'ailleurs, grâce à Dieu, on se sent ici chez nous : les armoires contiennent des documents écrits par Banér et Torstensson, Pappenheim, Wallenstein, Gustave Adolphe, Christian d'Anhalt et Bernard de Weimar[28], des concitoyens de la guerre de Trente Ans, de bonnes vieilles connaissances, des ennemis populaires en quelque sorte ; on est bien content de les croiser à l'étranger.

Un peu plus loin, nous voilà à Gamla Uppsala, le vieil Upsal, qui était, avant l'ère chrétienne, l'un des domaines des rois

27. Traduction des Évangiles par l'évêque goth Wulfila, datant du IVe siècle. Découverte au XVIe siècle, elle appartint à l'empereur du Saint-Empire Rodolphe II, puis fut rapportée en Suède en 1648, après l'invasion de Prague par les Suédois.

28. Johan Banér (1596-1641), général suédois qui tenta de prendre Prague en 1634 pendant la guerre de Trente Ans (1618-1648). Lennart Torstensson (1603-1651), maréchal suédois, stratège hors pair, qui remporta la bataille de Jankau, opposant les troupes suédoises en marche vers Prague à l'armée impériale bavaroise. Gottfried Heinrich von Pappenheim (1594-1632), maréchal du Saint-Empire pendant la guerre de Trente Ans. Albrecht von Wallenstein (1583-1634), chef d'armée issu de la noblesse tchèque, au service du Saint-Empire pendant la guerre de Trente Ans. Gustave II Adolphe (1594-1632), roi de Suède à partir de 1611, vaillant combattant, excellent stratège et homme d'État prudent grâce auquel la Suède devint une grande puissance ; pendant la guerre de Trente Ans, il prit le parti des princes protestants contre les troupes impériales. Christian Ier d'Anhalt (1568-1630), prince d'Anhalt-Bernbourg, qui combattit aux côtés de Frédéric V, roi de Bohème, pendant la bataille de la Montagne Blanche, qui se déroula non loin de Prague, le 8 novembre 1620. Bernard de Weimar, duc de Saxe-Weimar (1604-1639), général de la guerre de Trente Ans.

de Suède, mais qui n'est plus aujourd'hui qu'un restaurant traditionnel où l'on boit dans des cornes de bœuf du *mjöd*, c'est-à-dire de l'hydromel ; sur chaque corne est gravé, dans l'argent, le nom de ceux qui y ont bu – dans la mienne, ce fut le prince de Galles, ainsi que d'autres personnalités des dynasties régnantes ; c'est peut-être pour cela que cet hydromel monte tant à la tête. Devant l'établissement s'élèvent trois « tertres royaux », des tumulus hauts comme des immeubles de quatre étages, datant du VI^e^ siècle, et tous les touristes les gravissent, puis les redescendent, car il n'y a rien à voir là-haut ; il faut dire que les siècles ont été déplacés au musée de Stockholm.

Autour d'Uppsala s'étend l'Uppland, la province où Linné cultivait, cueillait et classait toutes les fleurs d'ici-bas ; une belle plaine, rien que des pâturages, rien que des prés séparés par des clôtures en bois, rien que du foin qui sèche en longues meules évoquant l'échine d'une chèvre. Et partout à la surface des champs et du foin émergent des îles de granit, des dalles et des blocs de granit, des monticules de granit noir couverts de vieux arbres et de fermes rouges ; ici, on construit les fermes au sommet des rochers, tels des châteaux forts,

Uppland

peut-être pour qu'elles n'empiètent pas d'un pouce sur la terre cultivable. Au crépuscule, ces fermes vermillon flamboient comme des poivrons dans le vert mousse des prés et des vergers ; de-ci de-là, elles forment des petits îlots incandescents d'humanité, éloignés les uns des autres, dispersés dans l'immensité de l'espace et du temps. Croyez-moi, le monde est beau.

Certaines buttes de granit doivent être ensorcelées, car aucune petite maison rouge n'y brille ; à la place, s'y dresse un moulin à vent, fantomatique, ou bien un massif de gené-

vriers, évoquant un gnome vaguement effrayant, ou encore une pierre runique à la mémoire d'un quelconque Harald ou Siegfried vieux de mille ans. La Suède est un bien doux pays, mais un peu hanté par endroits.

◈

En voyageant parmi les forêts et les champs suédois, on croise à tout moment, sur le bord du chemin, une table rudimentaire. Et pourquoi donc ? Eh bien, venant des rares fermes environnantes, les paysans disposent là des bidons pleins du lait de leurs troupeaux et, en échange, de la ville, on leur apporte de la farine ou des clous, qu'ils viennent chercher quand ils en ont le temps. Ou bien, en pleine forêt, au bord d'un chemin, une boîte aux lettres est accrochée à un poteau ou au tronc d'un bouleau. C'est là que les habitants des maisons isolées viennent récupérer le courrier que leur y laisse le facteur.

Finalement non, la Suède n'est pas hantée ; on y rencontre peut-être quelques fantômes, quelques trolls et autres bestioles du même acabit, mais il me semble que l'homme y a confiance en son prochain.

## SUR LA ROUTE

La route qui va de Stockholm à Oslo passe de lac en lac ; rien qu'en partant de Laxå, il y a le Toften et le Möckel, puis le Vänern, immense et plat, puis le Vermälen et le Kyrkviken (on est alors déjà dans la province de Värmland, le pays de Gösta Berling[29]) et le Bergsjø, le Flagan et le Bysjö. Curieux : un lac comme le Vänern, qui est trop grand, a quelque chose d'anti-romantique, de presque moderne ; cela vient sans doute de ses dimensions. Pour qu'un lac soit romantique, il faut qu'il soit petit ; plus il est petit, plus il a l'air désuet, isolé, bref, comment dire, plus il semble sortir d'un conte de fées. Parce qu'en somme, ce Vänern, c'est une véritable entreprise, et l'ondin du Vänern doit au moins avoir le titre de directeur général ou de sous-secrétaire d'État. Mais ici on croise aussi des lacs lisses comme des miroirs célestes, et des petits lacs insondables nichés au plus profond des bois, ainsi que des lacs longs et étroits comme des rivières, oui, on croise aussi des rivières,

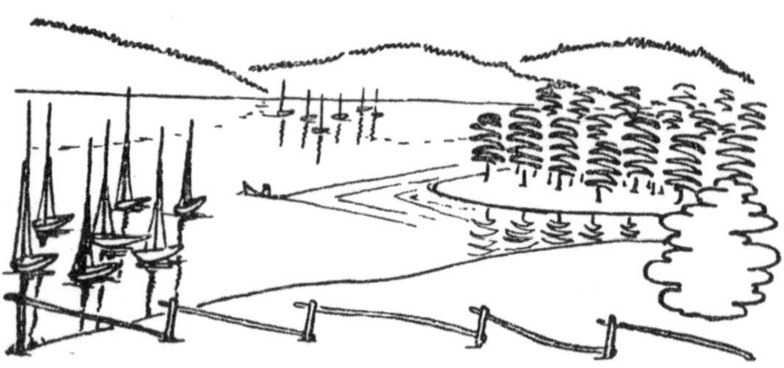

29. Personnage principal du roman éponyme de Selma Lagerlöf.

ou *älver*, lentes et fichées dans les bois noirs, charriant, avec douceur et une sorte d'éternité, des arbres abattus ; et les bois se regardent défiler lentement, indéfiniment, irrésistiblement.

Puis, après les *älver* et les tunnels, viennent la Norvège, ses montagnes, ses falaises et ses vaches sans cornes. J'avais déjà vu les vaches poilues d'Écosse, les énormes vaches violettes du Lake District, les taureaux noirs d'Espagne, les vachettes blanc et rouge des Alpes, les bœufs blancs de Hongrie et les petites vaches de Hollande, mouchetées de noir comme

des haricots ; mais des vaches sans cornes, c'est près de Skotterud que j'en ai aperçu pour la première fois. Elles sont petites, brunes et osseuses ; dénuées de cornes, elles sont attendrissantes tant elles ont l'air sans défense, elles semblent presque embarrassées, et leur regard est plus doux encore que celui de toutes les vaches sacrées que j'ai pu rencontrer jusqu'ici.

C'est donc ça, la Norvège : les mêmes forêts que de l'autre côté de la frontière, mais davantage battues par les tempêtes, couvertes non de mousse, mais d'un lichen blanchâtre ; les mêmes lacs que de l'autre côté de la frontière, mais plus tristes et plus effrayants, coincés entre des rochers ; les mêmes montagnes que de l'autre côté de la frontière, mais plus hautes et plus escarpées ; les mêmes vallées, mais plus profondes ; les mêmes bouleaux, mais plus touffus, plus trapus ; le même granit, mais plus lourd. Mais voyons, bien sûr, la montagne ! Tout cela tient au fait que nous sommes à la montagne.

Et puis les mêmes chalets de bois que de l'autre côté de la frontière, mais plus pauvres ; ici, ils ne sont pas faits de planches perpendiculaires, mais de rondins horizontaux, marron et gris comme les parois rocheuses ; ils ne sont pas posés à même le sol, mais sur des pierres ou des petits pieds de bois

pour éviter l'humidité ; et ils ne sont pas couverts de tuiles, de bardeaux ni de chaume, mais – de quoi, au fait ? De gazon, de tourbe ? Je ne sais pas vraiment, mais d'une épaisse couche de mousse, d'herbe et de salicaire, voire de vrais petits sapins ou de bouleaux ; en somme, dans ce pays, la forêt pousse même sur le toit des gens.

Tout ici sourd et jaillit des monticules arrondis d'herbe et de scirpe ; ce qui n'est pas de pierre est de la tourbe, dont partout on extrait des mottes que l'on fait sécher ; l'homme fait feu de tout bois – sauf du granit. Des vaches sans cornes pataugent dans les marais ; un cheval trapu et roux, à la cri-

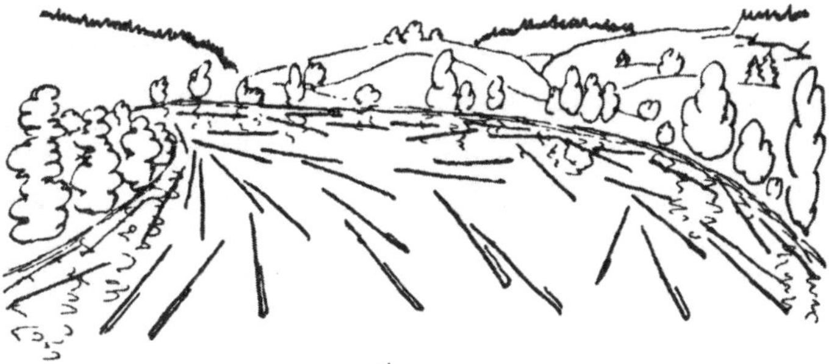

*Glomma*

nière, à la queue et aux naseaux noirs broute une herbe rêche ; personne à l'horizon ; un bien étrange pays, une sorte de désert vert. Mais voilà que le train s'engouffre dans une large vallée ; et ce lac vaste et calme sur lequel flottent, presque immobiles, des troncs d'arbres, c'est le fleuve Glomma.

Et plus bas, le long du Glomma, au-delà d'un pays de pâturages et d'hommes, sous les clochers pointus des églises, par-delà les rives et les vallées verdoyantes, au fil des petites villes rouges, l'Oslofjord, brillant comme de l'argent entre les crêtes des montagnes.

# LA NORVÈGE

## OSLO

Au train où vont les choses de nos jours en Europe, tout voyageur devrait se renseigner à l'avance pour savoir si, par hasard, une guerre civile, un coup d'État ou un congrès quelconque n'a pas lieu dans la ville où ses pas le mènent. Nous venions à peine d'arriver à Stockholm qu'un colloque international de l'Armée du Salut éclata ; des groupes de messieurs et de dames d'un certain âge, quelque peu guindés mais visiblement en parfaite santé, vaguaient dans les rues, des nichoirs de paille sur la tête, scrutant les alentours en quête d'une personne à sauver. Nous avons donc décidé de nous réfugier en Norvège ; mais dès notre entrée dans Oslo – un dimanche qui plus est –, éclata un Congrès mondial des Enseignants de l'École du Dimanche ; vous ne pouvez pas vous imaginer à quel point ces derniers sont nombreux dans le monde. Oslo était emplie d'un vertueux fourmillement, d'un chaste pépiement ; à chaque instant, on m'adressait un sourire plein de patience chrétienne et l'on me demandait en anglais si je me rendais moi aussi à l'office. Sur le Karl Johans Gate ne soufflait l'esprit ni d'Ibsen ni de Bjørnson, mais celui d'une confrérie anglo-saxonne ; j'eus peur que l'Ibsen renfrogné qui se tient sur son piédestal devant le théâtre ne relève la tête et ne se mette lui aussi à proférer des sermons sur la force de l'amour de son prochain, ou quelque chose du genre ; mais Ibsen ne releva pas la tête, d'ailleurs, il avait l'air en colère ; quant à Bjørnson, il semblait mieux supporter tout cela. Je cherchai à comprendre comment une aussi petite nation, et, pour autant que j'ai pu en juger, aussi pauvre, comment une ville de taille aussi réduite qu'Oslo et, pour ce que j'en ai vu, aussi quelconque, ont pu produire une littérature aussi grande, aussi extraordinaire. Cette question, je n'ai pu y répondre alors, et elle me taraude plus que jamais aujourd'hui.

Une autre interrogation m'est venue à l'esprit, qui concernait elle aussi la littérature, et plus particulièrement le langage. Voyons, les Norvégiens sont à peine trois millions ; pourtant, ils écrivent en deux langues, voire trois, dont aucune n'est vraiment vivante. Le *riksmål* est une langue citadine, il s'agit du vieux danois, du danois historique officiel et littéraire ; le *landsmål,* issu du vieux norvégien, est une langue paysanne venue des régions du sud-ouest, et élaborée artificiellement – en réalité, il existe plusieurs douzaines de *landsmål,* qui diffèrent d'une vallée à l'autre ; quant au mouvement *bymål,* il s'efforce de réunir le *riksmål* et le *landsmål,* et envisage une réforme de l'orthographe selon laquelle le *riksmål* s'écrirait en *landsmål.*

À l'école, on étudie en *landsmål* ou en *riksmål,* selon la décision de la commune ; certains auteurs écrivent en *riksmål,* comme Hamsun et Undset, d'autres en *landsmål*, comme Olav Duun, d'autres encore différemment. Vous avouerez que tout cela est un peu compliqué pour une nation de trois millions d'habitants, et j'ai eu le sentiment que dans cette histoire, malgré toute l'élégante tolérance norvégienne en matière linguistique, ce petit peuple fort et courageux n'était pas tout à fait à l'aise. Au reste, nous autres Tchèques avons des soucis du même ordre ; mais, chez nous, la question de la langue, ou des patois, prend plutôt la forme d'une différenciation fondamentale en termes nationaux et politiques. Je crois d'ailleurs que l'on peut tirer de la situation linguistique norvégienne un enseignement pour la littérature : cette dernière doit s'écrire de manière à constituer la langue maternelle d'un peuple vivant, elle doit refléter la façon dont celui-ci parle, dont il pense à une époque donnée, elle doit être la langue de ce peuple tout entier – des élites comme des gens du commun, des villes comme des campagnes. Je sais, ce n'est pas facile, mais c'est pour cela que la littérature est un art, qu'elle doit faire des merveilles, des miracles, multiplier dans le désert la manne et les poissons de l'expérience, des mots et des sentiments ; et si elle doit s'adresser à un grand nombre, elle doit user d'une multitude de mots et de dialectes. Alors descendront sur elle les langues de feu[30] de tous les *landsmål*, de tous les monuments littéraires et de tout ce qui fut écrit et dit pour ce peuple ;

30. Référence biblique (Actes des Apôtres, II, 3-4) : sous la forme de langues de feu, le Saint-Esprit descend sur les apôtres, qui commencent alors à s'exprimer en divers idiomes.

car c'est bien pour cela que la littérature a été conçue, pour révéler par les mots tous les trésors du monde, amen. Ce sermon doit tout aux enseignants de l'École du Dimanche, car de ma vie, je n'avais jamais vu autant d'éloquence, autant de rhétorique refoulées que lorsqu'ils étaient quatre mille, debout, à n'en écouter qu'un seul prêcher. Rien à faire : on ne peut pas, du coup, s'empêcher de prêcher à son tour et de sermonner son voisin.

Quoi qu'il en soit, grâce aux offices religieux déjà mentionnés, il y avait dans Oslo quelques rares endroits exempts d'enseignants de l'École du Dimanche ; le sommet du Holmenkollen, par exemple, que l'on descend l'hiver à skis et d'où on a l'une des plus magnifiques vues au monde : l'Oslofjord, long et sinueux, avec ses îles, ses petits vapeurs et ses crêtes escarpées, avec sa lumière brumeuse et argentée ; ou encore cette ruelle silencieuse, bordée de villas, où vit, derrière une haute palissade, Edvard Munch, qui ne laisse personne entrer chez lui, ceci afin que vous sachiez que Hamsun n'est pas le seul à agir ainsi ; c'est d'ailleurs curieux, d'où peut bien venir cette amertume envers les hommes qui habite les grands créateurs ? Puis, dans l'un des musées d'Oslo, j'ai trouvé, entre autres choses, un vieux tableau étrange, qui représente saint Jean-Baptiste baptisant le Christ dans un fjord glacé de Norvège ; dommage qu'ils n'aient pas une *Fuite en Égypte* à skis ; du reste, les tableaux populaires représentent le Crucifié avec un visage serein, presque heureux ; que l'on est loin du pathos catholique qui entoure les martyres et la mort ! Et finalement, je suis tombé sur un lieu désert, presque sacré : l'immense hangar de béton dans lequel repose le *Fram*.

En vérité, j'étais aussi allé voir des bateaux vikings découverts sous un tertre. Ils sont miraculeusement bien conservés et sont en grande forme ; on dirait que les Norvégiens viennent les honorer de leurs prières. Je n'ai pas vraiment le pied marin, et je considère une simple traversée de la Manche comme une aventure mémorable, mais en regardant ces drakkars noirs, impétueux, aux courbes splendides, dépourvus de tout rivet de fer, j'ai senti du plus profond de mon âme de terrien que la mer, c'est avant tout une affaire d'hommes, une affaire plus virile encore que la politique ou la réforme du monde. S'asseoir dans cette coquille de noix fière et noire d'Oseberg[31] pour affronter une mer chargée de brumes et de ténèbres : tu vois, ma belle, on est des sacrés gaillards, nous, les hommes, pas vrai ! Oui, je suis bien allé voir ce drakkar et lui ai rendu hommage, mais qu'est-il comparé au *Fram* !

Au premier abord, ce dernier ne paie pas de mine : un bateau banal, pas si grand que ça, fait dans du bon bois il est vrai, avec des flancs un peu rebondis par les étais et les poutrelles, afin qu'il soit plus résistant ; une cuisine comme un mouchoir de poche, une salle des machines ridicule, des escaliers et des portes conçus pour qu'on s'y cogne la tête ;

31. C'est dans le hameau d'Oseberg que fut mis au jour en 1904-1905 un drakkar viking intact.

et puis une petite cabine, appelée « Sverdrup[32] », que l'on dirait faite pour un enfant ; puis une autre, avec une couchette de bois sur laquelle pas même notre Frána Srámek[33] ne pourrait étendre les jambes, qui porte l'inscription « Nansen » ; et enfin une troisième, encore plus petite, avec une pancarte « Amundsen ». Et dans chacun de ces placards de planches, accrochés à une patère, un manteau de fourrure et des chaussures en peau de phoque, une odeur de naphtaline et de tristesse. Et puis le sextant de Nansen, de Sverdrup et d'Amundsen, ainsi que leur longue-vue, et tous ces instruments de navigation dont j'ignore le nom ; et des pinces à dents, des ciseaux de chirurgien, des scalpels, des bandages, une petite trousse à pharmacie, rien de plus. Eh bien, rendons grâce à Dieu, et bienvenue : nous voici de nouveau chez nous, au pays de notre enfance. Te souviens-tu de Nansen et Sverdrup ? Te souviens-tu de cet hiver passé à bord du *Fram* ? C'était dans le jardin de papa, les jasmins et les rosiers étaient en fleurs ; nous avions tué un ours polaire et nous étions élancés à travers les étendues glacées, vers le Nord, sur des traîneaux tirés par des chiens ; mais le mauvais temps et l'état de la glace nous obligèrent à rebrousser chemin. Le retour fut pénible, rappelle-toi ; mais rien à faire, il nous fallait rentrer avant d'être pris dans la nuit polaire. *Notre* Fram *parut enfin à l'horizon et nous le saluâmes avec des cris de joie.* Oui, notre

32. Otto Sverdrup (1854-1930), explorateur polaire norvégien qui participa aux expéditions de Nansen, le capitaine du *Fram* de 1893 à 1896.
33. Frána Srámek (1877-1952), poète, romancier et dramaturge tchèque.

*Fram* ; car il nous appartenait à nous, tous les enfants du monde qui lisions ; et fichez-nous la paix, c'est *notre* bateau, nous avons le droit de toucher – avec respect et familiarité – tous les sextants, les cordages ou les pinces à dents qu'il nous plaira. Bien sûr, là, maintenant, est écrit sur cette cabine « Amundsen » ; et c'est déjà une autre histoire que nous lisons donc en d'autres temps et différemment : nous ne touchons plus rien de nos doigts d'enfant, nous ôtons notre chapeau d'adulte (il faut dire qu'on étouffe, sans doute à cause de la naphtaline). C'est donc ici que dormait cet homme du nom d'Amundsen ; il devait sérieusement se recroqueviller pour pouvoir se coucher. L'homme qui a vu les deux pôles. L'homme qui s'est perdu en volant à la rescousse, à travers ce désert de glaces, d'un autre homme[34] qui s'était introduit inutilement et en grande pompe dans *son* Arctique à lui. C'est un autre genre d'aventure, inscrite plus profond encore que des souvenirs de lectures d'enfance.

◈

Tard le soir, il n'y avait plus un seul enseignant de l'École du Dimanche, car la nuit arctique était tombée ; l'esprit d'Ibsen soufflait plutôt froidement sur le Karl Johans Gate et les passants profitaient de leur dimanche d'été ; ici, la foule est finalement plus large d'épaules qu'en Suède, plus rustique, moins altière et dans l'ensemble plus populaire ; ces gens ont l'air plutôt joyeux, comme tous les peuples enclins à la boisson et

34. Référence au général italien Umberto Nobile, dont le dirigeable s'écrasa près du pôle Nord en 1928.

à la politique ; et, si l'on en juge par leur visage, il n'y a aucune raison d'avoir peur d'eux.

## LA LIGNE OSLO-BERGEN

La ligne de chemin de fer Oslo-Bergen est ce que l'on appelle une prouesse technique. Les exploits du génie civil résident en général dans les tunnels et les viaducs, mais cette ligne-là présente la particularité suivante : ses tunnels sont pour ainsi dire artificiels, ils sont construits en surface et sont faits de poutres et de planches. Ils servent à protéger la voie des avalanches et des congères, et s'étendent sur des milles et des milles, surtout aux endroits les plus intéressants ; et, là où il n'y a pas de tunnels, il y a de hautes palissades ; mais l'observateur attentif découvrira de-ci de-là un endroit où les charpentiers ont laissé un trou et il pourra s'ébahir un instant de la beauté et de la magnificence de ce monde, tandis qu'il traverse un nouveau tunnel de planches. Mais pour dire les choses comme elles sont, précisons que cette prouesse technique ne commence qu'en haut, à partir d'Ustadal et le long de l'Ustekveikja ; au début, le train passe tantôt par des tunnels classiques, souterrains, tantôt à travers la verte Norvège, parmi les forêts et les pâtures, le long de lacs et de rivières ; il y a toujours maintes choses à voir, des fermes en bois et des vaches sans cornes, et des monts et des vaux jusqu'à Hønefoss, célèbre pour ses chutes d'eau et l'exil de Trotski[35] ; puis

35. Opposant de Staline, Trotski fut banni d'URSS en 1929 ; il vécut en Norvège de 1935 à 1937.

vient la douce vallée de Sokna, des pâturages frais et grandioses entourés de sombres forêts et, sur chaque versant, dans la verdure, des petites maisons brunes en rondins, montées sur des pieds, comme le château de Baba Yaga[36]…

Voici que surgit le lac Krøderen, entouré de dômes de granit sur lesquels sont posées des perruques bouclées de feuillus ; ces montagnes ont de grosses têtes rondes, elles ont été polies de main de maître sur un tour. Ici, c'est bien avec des yeux de géologue qu'il faut voir les choses ; ces coupoles de granit, sous le Norefjell par exemple, prouvent bien que le monde n'a pas été créé à partir d'une simple bouillie chaude, mais qu'il a été minutieusement façonné, qu'il a été taillé et poli, limé et lustré jusqu'à ce qu'un glacier fasse courir son doigt expert et enthousiaste sur les montagnes qui entourent le Krøderen et qu'il soit satisfait de leur cambrure ; voilà, c'est

36. Sorcière de la mythologie slave.

parfait ; qu'on me montre un autre glacier aussi habile que celui-ci !

Toutefois, il y a d'autres montagnes, qui, elles, n'ont pas été polies sur un tour, mais qui ont été entaillées verticalement ou en diagonale, fendues par des coins de glace, entassées, empilées les unes sur les autres en plaques, comme des planches, encastrées les unes sous les autres, comme des bardeaux, plissées, incurvées, découpées ou concassées ; cela a dû demander un sacré travail de charpentier, et dans du granit encore ; on parle avec légèreté des ères géologiques, mais quelle somme de travail elles représentent ! On dira ce que l'on voudra, l'ère glaciaire, c'était finalement un immense atelier ; il suffit de regarder ce qu'elle a produit, toutes ces merveilles techniques ! Quant à ceux qui n'entendent rien aux roches, ils ignorent beaucoup de la beauté et de la majesté du monde. Ensuite vient Hallingdal, une vieille vallée paysanne réputée pour son artisanat ; c'est ici que l'on peignait autrefois les célèbres roses de Hallingdal, et on peut encore aujourd'hui constater avec quelle habileté amoureuse les gens du coin ont bâti leurs chalets à partir de rondins puissants comme la foudre, posé leurs fenils sur d'étroits madriers, élevé leurs antiques églises en forme de tours, telles des pagodes de bois, sculpté leurs fenêtres, leurs pignons et leurs colonnes – un bel ouvrage, minutieux et traditionnel, à partir de rondins et de planches solides ; quant à ceux qui ne savent pas apprécier le bois, ils perdront beaucoup de cette beauté du monde vigoureuse, résineuse et populaire.

Oui, de la pierre et du bois, c'est tout Hallingdal. Et des forêts, des forêts de mâts, tant les arbres sont hauts. Et du foin en meules étirées, des troupeaux de petites vaches brunes, des chevaux trapus à la crinière noire, et partout, des prés, de l'herbe soyeuse, le jaune de la camomille, le blanc des reines-des-prés, le bleu incomparable des campanules, le vermillon des géraniums aux fenêtres en bois, voilà Hallingdal.

*Soknedal*

Hallingdal

Chose curieuse : à peu près partout au monde, c'est dans les régions montagneuses que la tradition populaire de la sculpture, de la peinture et de la broderie est la plus répandue. J'ai dans l'idée que c'est parce que les habitants des vallées reculées ont davantage tendance à conserver les biens légués par leurs aïeux ; mais, avant de conserver une chose, il faut bien la créer. Je pense que le bois y est pour beaucoup ; donnez-en un morceau à un petit garçon et il se mettra (car bien sûr, il aura un canif) à y tailler des encoches et des rainures jusqu'à ce

qu'un pommeau d'épée, une statue ou une colonne prennent forme. Le bois est facile à sculpter et à peindre, tandis qu'avec la pierre, on peut tout au plus ériger des fortifications ou des stèles funéraires préhistoriques. L'artisanat populaire exploite avant tout le bois, depuis l'architecture jusqu'au moindre pipeau, à la moindre cornemuse ; voilà pourquoi l'artisanat reste confiné aux montagnes et aux forêts, et voilà pourquoi

Hallingdal

notre cœur éprouve la même joie dans la vallée de Hallingdal que dans les Pyrénées, dans les Alpes ou en Bohême, là où poussent des montagnes. La nature fait œuvre de pierre, tandis que l'homme bâtit en bois ; du moins en fut-il ainsi tant que régna sur le monde un ordre naturel des choses.

Voilà pour Hallingdal ; ensuite vient Ustadal, et là, c'est un monde bien différent ; personne ne vit ici, hormis des chefs de gare et le personnel de quelques hôtels ; tout le reste n'est que cailloux, lacs glacés et marécages suintants, pins ravagés, bouleaux tors et rabougris, et aulnes ratatinés ; tout juste, de-ci de-là, un chalet avec des bois de renne accrochés au fronton ; puis, rien que de la pierraille et des bouleaux nains, des scirpes et des linaigrettes ; enfin, même plus de rochers, même plus de lacs ni de végétation, seulement des tunnels de planches, des galeries et des palissades contre les congères. Un bien étrange pays, ma foi. On est alors assez haut, près de Finse ; on se trouve à peine à douze cents mètres au-dessus

du niveau de la mer, mais, compte tenu de la latitude, c'est comme si l'on grimpait chez nous à trois mille mètres. La vie s'arrête ici. Les petits lacs ne dégèlent pas de tout l'été ; cela n'en vaudrait sans doute pas la peine. Les langues des glaciers éternels qui viennent lécher la voie ferrée, les champs blancs de névés du Hardangerjøkulen, les congères le long des rails : voilà ce qu'on appelle le mois de juillet par ici. Par endroits, quelques personnes attendent près de la voie pour saluer des

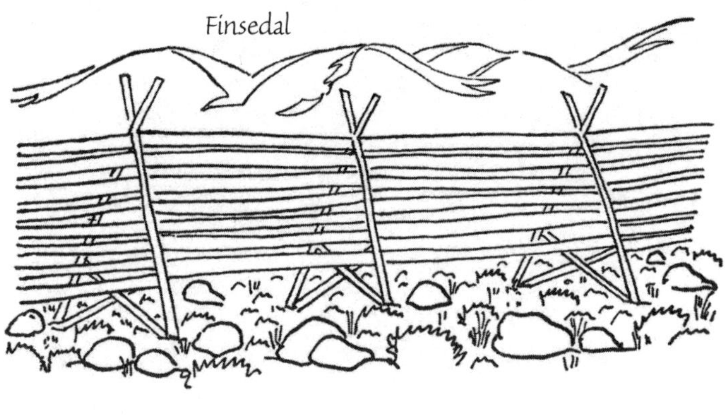

*Finsevatn*

êtres vivants quand passe le train. Des champs de neige, des lacs d'un gris d'acier et des éboulis de roche ; une pincée d'herbes brunes, rien de plus ; peut-être n'est-ce si fort, si démesuré, que parce qu'il n'y a plus trace de vie ici.

Il n'y a plus trace de vie, et pourtant quelques hommes subsistent de-ci de-là ; l'homme est opiniâtre comme le saule nain du Nord, qui forme un tapis argenté là où même l'herbe ne

*Tangevatn*

pousse plus. Le bouleau, le saule, le lichen et l'homme : rien de plus résistant au monde. Laissez-moi donc, j'ai à faire, il faut que je salue des deux mains les gens qui vivent ici. Et ceux des autres pays aussi ; partout dans le monde, l'homme doit affronter la souffrance, mais ici, il n'a contre lui que les éléments éternels. Dieu vous bénisse, gens d'Ustekveikja ; portez-vous bien, gens de Moldådal ; c'est un bien beau pays que le vôtre, vous pouvez y vivre tranquillement votre âpre vie ; que cela peut-il bien vous faire qu'ailleurs s'écrive l'histoire ?

Bien le bonjour chez vous, et adieu ; je suis pressé, car voilà qu'on redescend – entre les falaises, au-dessus de Flåmsdal et de ses cascades, vers les bois et les pinèdes, vers Raundal,

*Vangsvatn*

où déjà un paysan fauche son foin entre des blocs de granit à l'aide d'une faux si petite que c'en est comique ; on redescend parmi les hommes et leurs fermes isolées – que le temps passe vite quand on redescend ! Voici déjà que prolifèrent les luxuriantes forêts scandinaves : des pins hauts comme des tours, ou comme des pins cembro, des myrtilles jusqu'aux genoux et des fougères jusqu'à la taille ; plus bas, quelques chutes d'eau, des sapins et des épicéas, telles des cathédrales ; puis, quelques cascades plus bas encore, nous voilà vraiment en bas, au milieu d'un moutonnement de sorbiers, d'aulnes, de saules et de trembles ; ici, les frontières de la végétation sont si nettement marquées, si rapprochées les unes des autres qu'on en vient à se demander comment, en Norvège, la nature fait pour observer les lois fondamentales de la biologie et de l'écologie ; mais ce doit être une question de culture générale.

*Sørfjord*

Nous voilà donc très bas, quelques dizaines de mètres à peine au-dessus du niveau de la mer ; près de gracieux lacs cernés de bosquets crépus, des fermes rouges et des prés lumineux ; partout sur les hauteurs, des cimes de granit couvertes de neiges éternelles ; tout cela est ma foi admirable ; seulement voilà, on aimerait bien savoir ce qu'il y a de l'autre côté de ces montagnes. Par ici, ce lac vert, tout en longueur, qui, déjà, est un fjord marin : entre des falaises à pic, un ruban d'eau lisse et sans fond ; c'est d'une tristesse envoûtante et d'une intimité effrayante, bien qu'au premier coup d'œil, tout cela paraisse tout à fait irréel. Il faut du temps pour s'habituer aux fjords, pour accepter cette réalité crue, et même violente. Un peu plus haut par là, vers le Sognefjord je crois, les gens attachent leurs enfants à une corde pour qu'ils ne tombent pas dans la mer depuis ces rochers à pic. Qui croirait jusqu'où les hommes vont vivre !

Sørfjord

Alléluia, voici Bergen ; on ne dirait pas, mais observer, c'est un sacré boulot. Fermer les paupières, ne plus rien voir ; peut-être encore ce rocher et cette cabane de pêcheurs, rien de plus ; bonne nuit, ne m'en veuillez pas. Enfin, encore quelques falaises, à pic à vrai dire ; et puis ces jeunes filles sur le quai de la gare, qui font ici leur promenade du soir comme si c'était le seul endroit plat des environs ; il faut croire qu'ils n'attachent pas les jeunes filles à des cordes dans le coin. Désormais, je ne veux vraiment plus rien voir. Allez, encore un petit bout de fjord, par là-bas, de sévères rochers, et puis ça suffit.

Et cette vallée verte, avec son lac et ses gens, et ces montagnes et ce ciel ; ainsi, n'y aurait-il jamais de fin au voyage, à la contemplation ?

Mais si, voyons, le voyage s'arrête ici ; en revanche, le jour boréal, lui, n'en finit pas.

## BERGEN

On est toujours satisfait de constater que les livres ne mentent pas. À propos de Bergen, il est écrit qu'il y pleut souvent ; et en effet, il y tombait des hallebardes à notre arrivée. Il est aussi écrit qu'au-dessus de Bergen se dressent les crêtes de sept monts ; je n'en ai compté que trois, car les autres étaient prises dans les nuages, mais je veux bien croire qu'elles sont sept ; les Norvégiens sont des gens honnêtes, et ils n'iraient pas faire croire aux étrangers des choses qui ne sont pas pure vérité.

C'est pourquoi je confirme que Bergen est bel et bien une ancienne et illustre ville de la Hanse[37] – de cette époque, il reste le quai des Allemands, aussi appelé Tyskebrygge, avec ses vieilles petites maisons de bois ; et le musée de la Hanse, où l'on conserve les coffres dans lesquels les marchands de la ligue enfermaient pour la nuit leurs apprentis et leurs clercs afin qu'ils n'aient pas froid et ne vagabondent pas ; et de vieux

37. Au Moyen Âge, association de marchands des villes du nord de l'Europe.

Tyskebrygge

Tyskebrygge

magasins, tassés en accordéon, aux lucarnes saillantes, par lesquelles on hissait, à l'aide de poulies, les marchandises directement depuis les bateaux.

Et puis il y a le marché aux poissons, qui dégage d'immémoriaux relents de fraîchin et regorge de poissons bleus et argentés ; et de vieilles ruelles bordées de petites maisons en bois peintes en blanc, tout à fait adorables ; cependant, la plupart d'entre elles ont brûlé, de sorte que Bergen a dans l'ensemble l'air d'une ville moderne et prospère. Et puis on

Tyskekirken

trouve également la vieille église Tyskekirken, où il faut payer pour entrer ; mais ça en vaut la peine, car, à l'intérieur, on peut admirer un superbe autel gothique et de vieux tableaux votifs représentant des familles – nombreuses et bien nourries – de marchands ; voilà qu'on y célèbre un mariage : un marin roux épouse une jeune fille recouverte de taches de rousseur qui pleure comme une vierge tandis que les unit un jeune pasteur ressemblant à un champion de saut à skis ; la famille, qui en robe de soie, qui en smoking et cravate blanche, verse des larmes attendries et solennelles ; et c'est ainsi qu'incidemment on rentre dans ses frais.

Il y a encore, à Bergen, la salle du Couronnement, ou salle Håkon, et la tour Rosenkrantz ; et, juste au-dessous, mouille le navire qui doit nous mener jusqu'à Trondheim. Bonjour à toi, petit bateau, nous voilà.

## SUR LA ROUTE DE NIDAROS

Vrai, c'était un joli bateau ; un bateau-poste flambant neuf, avec tout le confort qu'un cœur modeste peut souhaiter ; le seul malheur tenait à sa cargaison, qu'il transportait vers le Nord. Je ne parle pas ici du chou, de la farine, ni de ce genre de denrées que nous chargeâmes près de Bergenhus ; non, le problème venait de la cargaison spirituelle : un groupe de représentants d'une quelconque Église américaine, d'une sorte de congrégation chrétienne en voyage organisé vers le cap Nord ; je n'osai pas leur demander qui ils étaient au juste, de peur qu'ils ne me convertissent à leur foi.

Je ne sais donc pas exactement quelle doctrine prêche cette Église américaine, mais, voilà ce que je peux en dire :

1. ses membres lancent, dans un joyeux vacarme, des sortes d'anneaux de corde sur des piquets ou courent sur le pont après une sorte de palet de bois qui vient se prendre dans les pieds des autres passagers, opération qui assura d'ailleurs à cette sainte confrérie une victoire éclatante dans la conquête du gaillard d'avant avant même que nous ayons levé l'ancre ;

2. ils engagent la conversation avec une affabilité extrême aussi bien entre eux qu'avec les autres passagers, ce qui leur permit d'occuper soudainement le gaillard d'arrière et tous

ses fauteuils et chaises longues, qu'ils couvrirent dans la foulée de leurs châles, romans, bibles et sacs, histoire de s'en approprier l'usufruit permanent et de marquer leur propriété inaliénable du lieu ;

3. à table, ils entonnent des chants de guerre chrétiens, de sorte qu'ils nous boutèrent, nous autres faible minorité désordonnée, hors de la salle à manger ;

4. ils organisent sans cesse des jeux de société, des bals, des fêtes, des chorales, des offices religieux et autres réjouissances ; il est probable que ces gens cultivent une sorte de joyeux christianisme et qu'ils cherchent sans relâche à répandre autour d'eux l'esprit d'une jovialité innocente qui plaît à Dieu ; je vous le dis franchement, c'était affreux ;

5. ils pratiquent avec ferveur l'amour du prochain et l'exercent notamment sur les gens souffrant du mal de mer, les chiens, les jeunes mariés, les enfants, les marins, les autochtones et les étrangers, en les accostant et en les encourageant, en les apostrophant chaudement, en les saluant, en leur souriant et, d'une façon générale, en les accablant de toutes sortes de prévenances ; ainsi, il ne nous restait plus qu'à nous barricader dans nos cabines pour y blasphémer tout bas, avec acharnement. Que le Dieu de miséricorde prenne nos âmes en pitié !

◈

Que c'est beau par ici ; vois donc ce fjord silencieux, plein de lumière, pris entre les falaises du Nordhordland et les côtes de granit des îles nues ; vois donc ce coucher de soleil humide et rose, dilué dans le ciel tout entier, sur la vaste mer, entre des montagnes d'un bleu indigo et brumeux ; et ce bateau de pêche qui nous frôle tel un spectre, avec son petit fanal rouge, mon Dieu, quelle beauté ! Et voilà que, dans ce soir divin, la sainte confrérie se met à bêler un cantique.

Nordhordland

Cette congrégation recrutait ses membres surtout parmi les dames d'un certain âge, semblait-il : en vérité, celles-ci tenaient plus de la mégère, de la walkyrie qu'autre chose, exception faite de quelques décaties, frêles et somnolentes mamies presque centenaires ; sans oublier un farfadet d'une soixantaine d'années qui portait une jupe au-dessus du genou et un chapeau d'enfant, une dame à tête de jument, une autre couverte d'un lupus et une dernière sans défaut physique notable ; une bande de veuves d'âges divers, aux cheveux soit teints, soit blanc argenté ; un monsieur avec des dents d'écureuil et un joyeux drille, petit et marqué par les ans, pareil à un hareng saur et visiblement malade du foie ; un groupe de vieilles filles supportant apparemment plutôt bien leur condition ; bref, tout cela ressemblait à une association caritative ordinaire, sauf qu'ils étaient trop nombreux : c'était pénible. Et ils n'auraient pas dû entonner des chants à la gloire du Créateur. Ou du moins, pas ici. Si seulement quelqu'un leur avait dit : « Regardez donc son œuvre, contemplez sa gloire et fermez votre clapet… »

Une fois leur cantique achevé, ils promènent leurs regards alentour. La dame à la tête de jument chausse son pince-nez.

« *Isn't it nice ?* »

« *Wonderful !* »

« Et à quoi allons-nous jouer, maintenant ? »

Ils étaient infatigables, tout simplement ; c'est ahurissant la force que la foi peut donner à l'âme humaine !

◈

Impossible de continuer ainsi ; jetons ces saints Américains par-dessus bord ; ou bien, allons au moins conspuer ces palets de bois qu'ils font glisser sur le pont ; je sais, c'est un grave péché, mais qu'on s'amuse un peu ! Et allons boire, que le démon de la révolte nous envahisse ; ensuite, les jambes bien campées et la ceinture serrée, on donnera des coups de pied dans leurs palets et on enverra promener leurs anneaux de corde : au lit, les saints ! Il y a ici des gens qui ont encore à faire avec le soir, la mer, le ciel, le silence et le reste ; disparaissez, et vite, ou bien il va y avoir du grabuge.

Mais il n'y eut pas de grabuge, car on ne vend pas d'alcool à bord des bateaux norvégiens.

◈

Ce fut un vrai miracle. Les saints Américains s'apprêtaient à entonner un nouveau cantique, quand leur pasteur – un agent de la rédemption plutôt rondouillard, fort en gueule, qui portait en signe de sa charge spirituelle une croix bringuebalante à peu près là où se trouvent les reins des gens normaux –, quand leur pasteur, donc, donna le la avec son pipeau ; la plus grosse des saintes monta alors sur l'estrade, s'assit sur une caisse un porte-voix à la main, ferma les yeux, ouvrit la bouche ; au moment où elle allait se mettre à chanter, un fox-trot cliquetant et profane en diable jaillit de sous sa jupe. La vertueuse dame sursauta comme si elle s'était assise sur un fourneau brûlant ; mais le pasteur se montra grand prince ; il remit tout simplement son pipeau dans la poche de son pantalon et se mit à battre des mains. « *Well, let us dance !* » Et il invita la dame au lupus à danser.

◈

L'aube en pleine mer ; nous devons actuellement passer au large de la pointe de Stattland ; ici, dans le Sildegapet, il y a toujours un peu de roulis. D'ailleurs, on s'en rend vite compte ; sur le pont, plusieurs personnes vomissent avec affairement et sans peine, tandis que d'autres semblent en proie à de grandes difficultés. Les membres de la congrégation sont restés dans leurs cabines ; ils doivent être en train de prier.

Regarde donc comme c'est magnifique, cette mer grise et les crêtes blanches des vagues ; et, à tribord, le rivage nu, tortueux et musculeux de la Norvège ; et ces mouettes criardes, qui planent sur les longues ondes du vent. Tu peux scruter les eaux agitées par la quille, elles sont d'un vert vitriol martial, d'un vert malachite, d'un vert iceberg ou quelque chose comme ça; elles fument d'une blancheur furieuse, elles sont ourlées de mousse; regarde cette route tracée derrière nous par l'écume jusqu'à l'horizon; regarde comme elle fait tanguer cette barque de pêche sur laquelle un homme se tient debout et nous fait signe de ses grosses pattes d'ours polaire!

« *Hello* » braille le pasteur en faisant signe de son bonnet; visiblement, il agit au nom de toute son Église, des États-Unis et du monde chrétien dans son ensemble.

◈

Un fjord est à nouveau serti par les falaises; la mer s'est calmée, elle est belle, lisse et étincelante; la congrégation monte sur le pont et distribue des sourires. « *A fine day !* », « *How beautiful !* », « *Wonderful, isn't it ?* » Les ouailles s'emmitouflent dans des plaids et occupent tous les fauteuils; puis elles enfilent leurs lunettes et se mettent à lire des romans et d'autres livres sacrés, tout en papotant avec zèle de leurs amis d'Amérique. Leur pasteur passe parmi elles, il donne des tapes joviales aux petites vieilles et pousse des exclamations; on dirait qu'il a pris le commandement du navire. Rien à faire, nous sommes tous à la merci de sa mission philanthropique; ce type va nous sauver si on ne le débarque pas de force sur une île déserte. D'ailleurs, je m'associerais bien, pour ce faire, avec quelques personnes en qui j'ai confiance; en l'occurrence, un Norvégien, qui vient d'épouser une jeune fille pauvre, belle et boiteuse ; un monsieur ressemblant à un comte italien et qui voyage avec une jolie femme brune ; un escroc avec un chapeau texan et une chemise kaki, perpétuellement assis devant une bière, à raconter la vie des cow-boys, des chercheurs d'or et des trappeurs ; bref, nous serions bien assez, mais nous n'arrivons pas à nous décider, car il n'y a rien à boire sur ce bateau. *Ikke alkohol*[38], quelle misère.

◈

Notre bateau accoste enfin à Ålesund ; c'est un grand et joli port, qui empeste proprement le poisson. Le pasteur américain organise l'invasion d'Ålesund par sa confrérie ; et nous autres, nous allons voir ce que nous pouvons bien acheter par ici. Eh bien, dans presque tous les magasins, sont vendues des bouteilles prometteuses, sur lesquelles est indiqué qu'il s'agit de concentré de rhum, de punch ou d'ananas ; et pourtant elles ne contiennent aucun alcool ? « *Ikke alkohol* » nous dit-on en faisant de grands gestes. Comment ça, *ikke alkohol*? Mais alors, qu'est-ce qu'ils boivent, les braves marins d'ici ? « *Ikke alkohol* » nous répète-t-on avec un haussement d'épaules désolé. Quel endroit bizarre, Ålesund.

Bon, tant pis pour vous, nous irons à Molde. On dit que Molde est la ville des fleurs ; il ne manquerait plus que l'on ne trouve rien à y acheter ! Voici donc Molde ; une bien belle ville, avec, de l'autre côté du Romsdalsfjord, des sommets pointus ; et des jardins pleins de rosiers et de dauphinelles ; et une

38. « Pas d'alcool » (l'auteur sous-entend alcool fort).

église en bois, mais le pasteur s'y est déjà précipité et il s'est mis à prêcher. Une ville fleurie, c'est bien vrai, mais *ikke alkohol*. « *Sorry*, nous dit le vendeur, mais ici, on ne reçoit pas d'alcool, ici, nous n'avons pas de *vinmonopolet*[39]. »

Bon, tant pis pour vous ; nous n'allons tout de même pas regagner le bateau maintenant, que l'Église américaine y fasse tout ce qu'elle veut, qu'elle convertisse le capitaine ou le *styrman*[40] et tout son équipage, je m'en moque ; nous allons partir par là, à travers ces montagnes, en direction de Gjemnes, et nous rembarquerons là-bas. La voiture klaxonne, se met à cahoter, et soudain s'arrête ; le pasteur et trois de ses ouailles s'y engouffrent et s'asseyent presque sur nos genoux. « Maintenant, nous pouvons y aller » déclare-t-il d'un ton jovial ; puis il se met à crier aux enfants de Molde, la ville des fleurs : « *Hello, hello ! Do you speak English ? No !* Et toi, là-bas, tu parles anglais ? Non ? Eh bien parle, mon garçon ! Tu ne parles donc pas anglais ? » L'apôtre du Massachusetts n'arrive pas à le croire, et il se tourne vers moi : « *But you speak English, yes ? No ?* Et d'où venez-vous ? De Prague ? *Yes, Prague. I was in Prague. Very nice.* Une très belle ville. »

« *Wonderful.* »

Puis nous longeons la côte de Romsdal, en suivant le Fannefjord ; un bel endroit, un fjord bleu, des montagnes qui ressemblent aux Alpes ; mon Dieu, que j'aimerais voir ça,

39. Organisation d'État, seule autorisée à vendre de l'alcool dans certains magasins et en quantités limitées.
40. Barreur, timonier.

Fannefjord

mais voilà, le pasteur n'arrête pas de gigoter et de se pencher vers ses ouailles. De tous côtés, des élevages de renards argentés et des pêcheurs qui font sécher des morues à même les murs de leur cabane, je n'avais jamais vu ça ; la vie doit être dure, par ici, quand on pense à quel point ces morues empestent. Pendant ce temps, le pasteur expose ses opinions sur l'éducation des enfants ou quelque chose du genre ; ses brebis hochent la tête et glapissent avec admiration des *yes, indeed* et *how true* ; mais voilà que le guide spirituel se cogne le crâne sur le plafond, qu'il en perd la parole ; puis il regarde les monts de granit par la fenêtre.

« *Lovely, isn't it ?* »

« *Wonderful !* »

« *Well,* de quoi parlions-nous ? »

Nous traversons des forêts et des vallées, une plaine pluvieuse et morne comme le bout du monde, nous passons sous les neiges des montagnes et par des hameaux de pêcheurs ; pendant ce temps, l'infatigable pasteur marmonne à propos de ce que ne devrait pas faire madame Jackson. *How true ! Yes, indeed.* Cette triste étendue d'eau, là-bas, ce doit être le Tingvollfjord, et celle joyeuse, par ici, sans doute le Batnfjord ; et le conseiller spirituel disserte sur l'angine, le cancer et les choses de ce genre ; ce ne sont que des maladies morales, dit-il ; morales, mais bien sûr. *Yes. Right. Isn't it ?*

Voilà enfin Gjemnes, un petit port de pêche pas plus grand qu'un mouchoir de poche, trois personnes y attendent le canot à moteur qui va vers Kristiansund ; là-haut, les cimes vertes des montagnes ont un chapeau de neige ; en bas, une mer verte emplie de goémon : on dirait un motif d'or un peu

Batnfjord

fané sur un brocard vert. « *Do you speak English ?* » braille le pasteur en rassemblant près de lui les trois personnes qui attendent ; celles-ci ne le comprennent pas et sont si gênées qu'elles sont à l'agonie, mais cela ne dérange aucunement l'Américain ; il leur donne des tapes sur le dos et continue de parler avec allégresse. Un brave type, en vérité. Et voici le canot à moteur qui fait la navette dans le fjord. L'apôtre fait embarquer ses ouailles, il cherche à présent quelqu'un à interpeller. La confrérie investit tout ce sur quoi il est possible de s'asseoir et se met à jacasser assidûment ; alentour s'étend un fjord magnifique, et le soir est presque là ; les montagnes fument d'une vapeur de pluies récemment tombées, un arc-en-ciel se déploie, l'eau a pris une teinte dorée et, pareille à de la soie, reflète le bleu des falaises ; en bas, la vibration de l'hélice et la voix enjouée du pasteur. C'est curieux comme dans ce fjord tout est paradisiaque et vert comme un jardin ; plus on approche de la mer, plus les rochers sont dénudés, jusqu'à ce qu'il ne reste plus que des rocs pelés, avec, par-ci par-là, une cabane de pêcheur, et, sur les blocs gris, des espèces de grandes auges qui doivent servir au salage des morues. Aucun arbre nulle part, tout juste, entre les rocs, des touffes d'herbe roussie ; ici, la terre ne fournit à l'homme rien d'autre que des rochers pour y faire sécher ses poissons.

« Beau temps, pas vrai ? Hein ? » proclame le pasteur.

« *Yes, lovely.* »

« *Wonderful.* »

Et cela, c'est Kristiansund, la capitale de la morue si vous voulez tout savoir ; une ville en bois, des magasins partout, partout des lucarnes pour hisser les marchandises ; des petites maisons grises, vertes et rouges blotties autour du port ; et à leur sommet, des myriades de mouettes, jamais de ma vie je n'en avais vu autant ; elles doivent se livrer ici à quelque exercice spirituel.

C'est ici que nous retrouvons notre bateau ; mais nous nous sommes multipliés, nous transportons à présent des footballeurs de Kristiansund en route pour un match qui se joue à Trondheim ; la ville tout entière accompagne ses héros jusqu'au bateau. Même les chiens sont là qui frétillent de la queue avec enthousiasme. Le pasteur rayonne, car il adore les foules ; il penche son ventre par-dessus le bastingage et gratifie les chiens de Kristiansund de cris amicaux. Qu'est-ce qu'un chien peut bien faire dans ce cas-là ? Il baisse la queue et s'en va.

Et voilà que notre grand homme s'adresse cordialement aux habitants. « *Do you speak English ? Yes ? No ?* Beau temps, pas vrai ? Ha, ha, ha ! »

L'hélice se met à tournoyer, le bateau s'éloigne du quai ; tout Kristiansund agite son chapeau et salue ses héros nationaux d'un triple cri de victoire, ou de quelque chose du même genre.

Le pasteur, lui, agite son béret et, au nom de toute l'Amérique et du monde civilisé, remercie le peuple de Kristiansund pour son vibrant hommage.

Kristiansund

S'il vous plaît, *styrman*, où peut-on se procurer une goutte d'alcool en Norvège ? Si, mettons, j'ai besoin d'apaiser ma colère, d'étancher ma soif, de me donner du courage, n'y a-t-il rien à faire ? Rien à faire, monsieur ; ici, ce sont de saints rivages. Depuis Bergen jusqu'à Trondheim, *ikke alkohol.* Vous ne trouverez pas de *vinmonopolet* avant Trondheim, puis à Bodø, à Narvik et à Tromsø ; là-bas, vous pourrez acheter ce que vous voudrez. Mais pas ici, dit le *styrman* d'un air mélancolique ; les gens qui vivent ici sont des saints. Dans notre pays, il y a bien un monopole d'État, mais chaque ville peut décider elle-même si le *vinmonopolet* y est autorisé ou non. Ici, autrefois, on buvait, monsieur, déclara le *styrman* en agitant la main. Mais à Trondheim, tout ira bien.

À Trondheim[41], nous désertâmes notre bateau de nuit. Comme je l'ai déjà dit, c'était un bon bateau, tout neuf, tout le malheur venait de la cargaison qu'il transportait.

---

41. Trondheim, dont le nom d'origine est Nidaros, changé plus tard en Trondheim, puis, après la séparation d'avec la Suède, en Nidaros à nouveau, et qui s'appelle aujourd'hui Trondhejm ou Trondheim, selon qu'on s'exprime en *landsmål* ou en *riksmål* ; une grande ville prospère, dans laquelle on trouve un vieux port sur la rivière Nid, deux rues principales, appelées Munkegate et Kongensgate, un domaine royal, le Stiftsgården, le plus grand bâtiment en bois de Norvège, paraît-il, une célèbre cathédrale, et enfin, un *vinmonopolet* (tout près du port, pour que vous le trouviez facilement). Le *vinmonopolet* est ouvert de onze heures du matin à cinq heures du soir, tandis que la cathédrale de Nidaros n'officie que de midi à deux heures. C'est ici (dans cette cathédrale) que se rendit en pèlerinage l'héroïne de Sigrid Undset, Kristin, la fille de Lavran. Le bâtiment reste d'une grande beauté, quoiqu'il ait subi de pieuses rénovations. Un peu plus loin se trouve une grande maison de francs-maçons comme il y en a dans toutes les grandes villes de Scandinavie. Ici a cours un commerce florissant de poissons, de bois et de romans policiers anglais. *(Note de l'auteur.)*

Trondheim

## À BORD DU *HÅKON ADALSTEIN*

Si j'appelle ce bateau-ci par son nom tout entier, c'est, d'une part, parce qu'il le mérite, et, d'autre part, parce qu'il ne transportera plus aucun d'entre vous ; c'est en effet cette année que le pauvre navire embarquera des passagers pour la dernière fois. Il va perdre son fumoir et ses cabines, pour ne plus acheminer que du charbon vers Svolvær ou Hammerfest ; vanité des vanités.

À vrai dire, la première impression depuis la jetée de Trondheim n'était pas des plus enthousiasmantes ; on était en train de charger des briques sur le *Håkon* et le treuil grondait à faire peur ; le bateau semblait vraiment tout petit, plus petit que

le *Primátor Dittrich*[42] de chez nous, sur la Vltava. Et c'est sur cette coquille de noix qu'on est censés aller jusqu'au cap Nord ?

Au-dessus de ces briques se tenait un grand monsieur, extrêmement gros et sympathique, les mains dans les poches. « *Kaptein*, lui demande avec anxiété l'âme inquiète qui m'accompagne aussi bien sur le chemin de la vie que sur la route du Nord, *kaptein*, ce bateau, il est vraiment tout petit, non ? »

Le *kaptein* rayonne. « *Jaaa*, grommelle-t-il avec reconnaissance. Un petit bateau, madame. Un bateau très douillet. »

Douillet, c'est le mot ; on était en train de charger à bord des sacs de ciment. « Et, *kaptein*, ce bateau, il n'est pas un peu vieux ? »

« *Ne-e-ei*, dit le *kaptein*, rassurant. Un bateau très récent. Complètement rénové. »

« Et quand a-t-il été rénové ? »

Le *kaptein* réfléchit un instant. « Mille neuf cent deux, dit-il. C'est un bon bateau. »

« Et quel âge a-t-il, au juste ? »

« *Ja*, soupire le *kaptein*. Soixante-deux ans, madame. »

L'âme inquiète n'a qu'un battement de paupières. « Et il peut transporter autant de briques et de ciment ? Il ne va pas couler ? »

« *Ne-e-ei*, assure le *kaptein*. Nous allons aussi charger trois cents sacs de farine. »

---

42. Ancien bateau à vapeur praguois, baptisé en hommage au négociant en bois et maire de Prague, Frantisek Dittrich (1801-1875).

« Et toutes ces caisses, vous allez en faire quoi ? »

« *Jaa.* Nous allons tout charger, dit le *kaptein* pour apaiser l'âme anxieuse. Et nous prendrons encore deux cents tonnes de ballast. *Ja.* »

« Pourquoi ? »

« Pour que le bateau ne chavire pas, madame. »

« Ah, parce qu'il peut chavirer, votre bateau ? »

« *Neei.* »

« Et il peut entrer en collision avec un autre bateau ? »

« *Neei.* Sauf s'il y a du brouillard. »

« Il y en a souvent en été, du brouillard, par ici ? »

« *O ja.* Du brouillard, ça arrive. *Jaa.* » Le *kaptein* clignait de ses yeux bleus avec affabilité sous ses sourcils en brosse ; à mon avis, s'il porte ces brosses, c'est pour ne pas avoir à se protéger les yeux de la main quand il guette un récif.

« Et vous ne naviguez que l'été, n'est-ce pas ? »

« *Neei.* L'hiver aussi. Tous les quinze jours, un aller-retour. »

« Et vous restez combien de temps chez vous ? »

« Deux jours. Cinquante jours par an. »

« C'est horrible, dit en frémissant l'âme compatissante. Cinquante jours ! Et vous n'êtes pas triste ? »

« *Neei.* Ça me va bien. *Ja.* En hiver, nous n'avons aucun passager ; il y a tant de glace sur le bateau qu'il faut sans arrêt la casser. *Ja.* »

« Pour ne pas glisser ? »

« *Neei.* Pour que le bateau ne coule pas. *Ja,* dit le *kaptein,* avec un soupir d'aise. Un très bon bateau. Vous allez vous plaire à bord. »

◈

Capitaine, je déclare que nous allons en effet nous y plaire ; c'est vrai que tout est douillet ici ; un pont petit comme un mouchoir de poche, quelques fauteuils en osier, rien de clinquant ; un fumoir tendu de peluche verte, à mi-chemin entre un bordel fin dix-neuvième et la salle d'attente de première classe d'une gare de campagne ; une *spisesaal*[43] tendue de peluche rouge et une douzaine de cabines avec tout le confort nécessaire : deux couchettes en forme de planche à repasser, deux bouées de sauvetage appelées *livbelt* et deux sacs pour

43. Salle à manger.

vomir en cas de mal de mer. Impossible de s'asseoir sur ces planches à repasser, elles sont bordées par une rambarde de fer pour empêcher les chutes quand il y a du roulis ; les oreillers sont minces comme des couches de bébé, mais il suffit de les remplacer par les bouées de sauvetage et tout va pour le mieux. Au lieu des stewards dédaigneux, une petite vieille qui clopine et une autre mal lunée ; bref, on se sent ici chez soi.

Juste au-dessus de nos têtes, le treuil, qui gronde ; au début, c'est un peu dérangeant, mais on s'habitue ; au moins, on sait ce qui se passe à bord. Car il émet un grondement différent selon qu'il soulève de la farine ou des briques ; incroyable tout ce que l'on peut faire entrer dans un si petit bateau.

Il est minuit et le *Håkon Adalstein* est toujours en train de charger des sacs et des caisses dans le port de Trondheim ; puis la corne résonne deux fois, trois fois, l'eau bouillonne aux hélices, le *Håkon* s'ébranle, émet un craquement et quitte le port.

Bon voyage et bonne nuit ; ici, enfin, on se sent vraiment sur la route du Nord.

◈

« Réveille-toi ! Tu entends, réveille-toi ! »

« Que se passe-t-il ? »

« De l'eau entre dans la cabine ! »

« Mais non. »

« Mais si ! On prend l'eau, par le hublot ! »

« Mmh. »

« Quoi ? »

« Rien. Je dis mmh. »

« Bon, alors, fais quelque chose, *s'il te plaît* ! »

« Pourquoi ? »

« Parce qu'on prend l'eau ! On va se noyer ! »

« Mmh. »

« Nom d'un chien, ne te rendors pas ! »

« Je ne dors pas. » L'homme marié s'assied et cherche à tâtons l'interrupteur. « Que se passe-t-il ? »

« De l'eau entre dans la cabine ! Par le hublot ! »

« Par le hublot ? Mmh. Eh bien, il n'y a qu'à le fermer. »

« Alors ferme-le, et cesse de dire mmh. »

« Mmh. » L'homme marié se lève de sa planche à repasser, enjambe la rambarde pour aller fermer le hublot. Dehors, le jour est blanc, c'est la pleine mer, les crêtes des vagues sont couvertes d'écume – mais, sapristi, *ikke fjord* ! Voilà pourquoi !

« Diable » grogne l'homme marié.

« Qu'y a-t-il ? »

« Il y a que de l'eau entre par le hublot ! »

« Mmh. »

« J'ai été aspergé. »

« Il n'y a qu'à fermer le hublot ! »

L'homme marié jure tout bas, et tente de fermer le hublot ; mais, pour serrer ces boulons-là, il faudrait une clef anglaise.

« Saperlipopette ! »

« Quoi ? »

« Je suis trempé ! »

« Pourquoi ? »

« Parce qu'on prend l'eau ! »

« Mais non. »

« Mais si ! Par le hublot ! »

« Mmh. »

Les vis du hublot sont enfin serrées ; à vrai dire, il a failli y laisser les doigts et est trempé comme une soupe. Vite, sous les draps, et se glisser la bouée de sauvetage sous la tête.

Un gémissement d'agonisant.

« Qu'y a-t-il ? »

« Ça tangue ! »

« Mmh. »

« Je vais avoir le mal de mer ! »

« Mais non. »

« Mais puisque je te dis que ça tangue ! »

« Mais non. »

« Ça tangue horriblement ! »

« Mmh. »

« Tu ne le sens pas ? »

« Pas du tout. » À vrai dire, ça tangue vraiment, mais une femme ne doit pas tout savoir. Et puis, c'est presque agréable ; on est soulevé à bonne hauteur, puis il y a un instant d'hésitation, le bateau grince et on redescend en planant ; et maintenant, voilà qu'on a la tête qui remonte.

« Tu ne sens toujours pas ? »

« Absolument pas. » C'est étrange de voir tout à coup ses propres pieds plus haut que sa tête ; ils prennent alors un air inhabituel.

« On ne va pas se noyer ? »

« *Ne-e-ei.* »

« *S'il te plaît,* ouvre le hublot ou je vais étouffer ! » L'homme marié redescend de sa planche à repasser et ouvre le hublot. Il manque à nouveau y laisser les doigts au passage, mais cela n'a plus guère d'importance.

« Sacrebleu » lance-t-il tout à coup.

« Toi aussi, tu es malade ? » demande une voix faible et compatissante.

« Non, mais il y a de l'eau qui entre par le hublot. Plein d'eau qui… » Un instant de silence, rompu par quelques profonds soupirs.

« L'eau est profonde par ici ? » demande une voix soucieuse.

« Oui. Jusqu'à quinze cents mètres par endroits. »

« Comment le sais-tu ? »

« J'ai lu ça quelque part. »

« Doux Jésus ! Quinze cents mètres ! » Les soupirs s'intensifient. « Comment peux-tu dormir, alors qu'il y a quinze cents mètres de fond ! »

« Et pourquoi je ne dormirais pas ? »

« Mais tu ne sais pas nager ! »

« Si. »

« Mais tu te noierais sûrement, avec une telle profondeur ! »

« Je me noierais aussi bien dans cinq mètres. »

« Mais pas aussi rapidement ! » On entend alors un murmure sourd, comme quand quelqu'un prie.

« Et on ne peut pas débarquer quelque part ? »

« *Ne-e-ei.* »

« Mais tu ne sens pas comme le bateau tangue ? »

« *Jaa.* »

« C'est une terrible tempête, pas vrai ? »

« Mmh. »

Le *Håkon* vient de se hisser à une hauteur considérable et a émis un lourd craquement. Dans le couloir résonnent les sonnettes des cabines ; tiens donc, il y en a qui doivent se sentir mal. Il doit être près de cinq heures du matin, et cette vaste mer, qu'on appelle le Folda, s'étend devant nous presque jusqu'à Rørvik. La belle affaire. Les soupirs émanant de la couchette voisine s'intensifient, à présent, ce sont presque des gémissements.

Et puis tout à coup, silence.

L'homme marié, anxieux, se lève immédiatement et va voir ce qui se passe. Rien. Elle dort comme une noyée.

Il est vrai que le roulis, sur ces petits bateaux, cela endort. Comme dans un berceau.

◈

Un matin étincelant, et toujours la pleine mer ; ça tangue moins, mais toujours un peu – suffisamment pour sauter le petit-déjeuner ; il fait bon prendre l'air. Le *kaptein* est debout sur le pont, jambes écartées, et il rayonne de bonheur.

« *Kaptein*, la mer était un peu agitée à l'aube, pas vrai ? »

« *Ne-e-ei*. Très calme. »

◈

Et voici de nouveau des îles ; il doit s'agir de celles des pêcheurs de Duun[44] ; des rochers lisses et bombés, à peine saupoudrés de verdure. Que d'effroyables solitudes par ici ; des îlots musculeux et trapus, surmontés d'une seule petite maison ; un canot et la mer, rien d'autre ; pas même un arbre, pas de voisins, rien ; juste un rocher, un homme et du poisson.

44. Cf. note 4 sur Olav Duun, p. 18.

Ici, pour être un héros, pas la peine de se battre ; il suffit de survivre.

Rørvik, la première ville des îles ; une vingtaine de maisons en bois, dont trois hôtels, dix cafés et la rédaction du journal local ; il y a aussi une vingtaine d'arbres et un nombre incalculable de pies. Nous y avons déchargé de la farine et y avons lié une amitié fidèle avec un chien ; si d'aventure vous allez à Rørvik, c'est un cocker et il doit sans doute appartenir à la station de radio locale.

Les alentours de la ville sont presque désertiques ; rien que des pierres, des saules nains et de la bruyère ; quoiqu'en réalité, il ne s'agisse pas vraiment de bruyère, mais d'*Empetrum nigrum*, aussi appelée camarine noire, avec ses baies sombres et aigrelettes, proches de nos myrtilles. Un jeune taureau sans cornes broute là, en poussant des meuglements lamentables, un peu comme un bateau qui s'apprête à prendre la mer. Je le comprends. Quand ce ne sont pas des rochers, c'est une tourbe presque sans fond qui, extraite et séchée en tas impo-

sants, forme un peu partout ces pyramides noires que j'ai vues sur plusieurs îles sans comprendre à quoi elles pouvaient servir. En creusant la tourbe, on tombe régulièrement sur de vieux troncs entiers ou des souches noircies ; ici, tout était autrefois couvert de forêt, mais cela fait maintenant bien des millénaires ; mon Dieu, que le temps passe vite !

Le *Håkon Adalstein* beugle comme un jeune taureau au bout d'une corde ; mais oui, mais oui, on y va. Et si par hasard vous partiez et que vous nous laissiez ici, eh bien quoi, je m'y habituerais ; je rédigerais des articles pour l'*avisen*[45] local et j'irais me promener dans des forêts disparues depuis des milliers d'années. De quoi parleraient mes articles ? Voyons, d'actualité, et surtout d'éternité, de ces derniers millénaires et des dernières nouvelles des trolls ; il paraît que les nations s'arment et que les peuples s'entre-tuent[46], mais ça ne doit

45. Journal.
46. Allusion à l'armement fébrile de l'Allemagne, à la guerre d'Espagne et à la guerre italo-éthiopienne, conséquence de l'invasion de l'Abyssinie en 1935.

pas être vrai ; nous autres, gens de Rørvik et de tout le canton de Vikna, nous savons bien que l'homme respecte l'homme et qu'il est ravi d'être entouré de bons voisins. Et arrive le *Håkon Adalstein*, un bateau récent et tout à fait douillet. Il transporte une trentaine de touristes de différentes nationalités, mais qui ne sont pas armés et ne s'entre-tuent pas, ils achètent tranquillement des cartes postales et se comportent comme des gens bien élevés. À midi, le *Håkon* lève l'ancre et reprend son exploration polaire ; il envisage de pousser jusqu'à Bodø, peut-être jusqu'aux Lofoten. Nous souhaitons un joyeux voyage au courageux vaisseau !

Nous repartons donc et gare aux glaciers ; il y en avait partout il y a à peine quelques centaines de milliers d'années ; et partout ils ont laissé l'empreinte de leurs doigts puissants. D'un simple regard, on peut saisir leur méthode de travail :

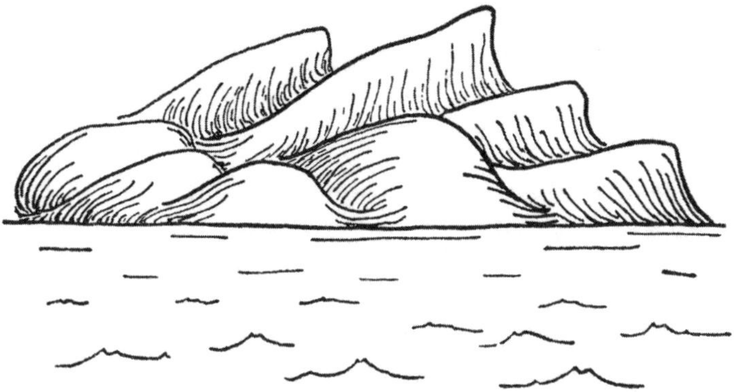

les glaciers liment les plus hautes montagnes en pics et tours escarpés, tandis qu'ils polissent le sommet des plus petites ou les rabotent en crêtes effilées. Et là où ils s'attaquent à un massif digne de ce nom, ils retroussent leurs manches, et les voilà qui broient, qui concassent, qui chantournent et qui affûtent jusqu'à former un amphithéâtre entre les montagnes ; telle une moraine, ils traînent et charrient les débris hors de la cuvette et y installent au fond un lac, auquel ils suspendent une cascade, voilà le travail. C'est finalement assez simple et toujours pareil, mais on n'a jamais fini de s'émerveiller devant la force et la beauté de tels ouvrages.

Tout est là : l'homme lui aussi devrait tailler les grandes choses pour les élever et les aiguiser, et arrondir avec douceur les petites.

Prenons par exemple une île, l'île de Leka. On y trouve une vierge pétrifiée que poursuivait de son amour le géant Hestmannen ; cela doit être vrai, puisque le géant est encore conservé sur l'île de Hestmannøy ; il est lui aussi pétrifié et mesure cinq cent soixante-huit mètres de hauteur avec son cheval. Mais il y a aussi des montagnes dont on voit bien qu'elles sont des blocs de granit passés les uns par-dessus les autres ; décidément, ce devait être une époque mouvementée. Et puis sur l'île de Torget, le mont Torghatten est percé de part en part d'un gigantesque trou, une véritable galerie longue et imposante comme une cathédrale gothique ; j'y suis allé et je pense qu'à l'origine, il s'agissait d'une crevasse sur laquelle le sommet de la montagne s'est effondré et a ainsi constitué un plafond ; mais si une autre légende circulait au sujet du Torghatten, par exemple son édification par des géants, elle pourrait être tout aussi vraie, et alors je m'y rangerais. L'île de Torget abrite une douzaine de personnes qui vivent essentiellement de la vente de canneberges, de limonade, de cartes postales et d'oursins ; et puis il y a cette jeune fille, droite et immobile comme une statue de bois, qui vend pour sa part une unique

rose rouge – sans doute une grande rareté par ici. En outre, depuis ce corridor rocheux, on a une merveilleuse vue sur les deux côtés du Torghatten : une mer d'opale constellée de petites îles bleues.

« Cette falaise ne va pas nous tomber dessus ? » demande l'âme anxieuse.

« *Ne-e-ei.* Ça tiendra encore quelques bons milliers d'années. »

« Bon, *s'il te plaît*, partons d'ici ! Tout de suite ! »

◈

Et puis voilà le Brønnøysund et la petite ville de Brønnøy, dont les habitants sont principalement des morues séchées. On les fait sécher sur de longues et hautes palissades, et elles empestent en silence, avec une opiniâtreté toute scandinave. Sous ces latitudes, le monde n'est fait que de blocs de pierre, de morues et de mer. Nous approchons du cercle polaire.

## PAR-DELÀ LE CERCLE POLAIRE

Cette nuit-là, allez savoir, c'est sans doute en rêve que je me suis levé plusieurs fois pour regarder par le hublot de la cabine et que j'ai aperçu un paysage lunaire. Ces montagnes et ces falaises qui se dressaient au-dessus d'une mer nacrée étaient irréelles tant leur forme était étrange et horrible ; oui, j'ai dû rêver.

En réalité, j'ai dû dormir, et, pendant ce temps, nous avons franchi le cercle polaire en cornant victorieusement ; j'ai entendu le *Håkon* mugir, mais je ne me suis pas levé ; je me suis dit que ce n'était rien, que tout au plus nous devions être en train de sombrer, d'appeler à l'aide, ou quelque chose du genre. Et au matin, nous étions par-delà le cercle Arctique ; il n'y avait rien à faire ; nous avions atteint la région polaire sans même avoir dignement célébré l'événement. On tourne en rond toute sa vie, comme des oiseaux en cage, dans la zone tempérée et au moment où l'on en sort enfin, on dort.

À dire vrai, au premier coup d'œil, la région polaire est terriblement décevante. C'est donc ça, la zone arctique ? Mais ce n'est pas de jeu ; un paysage aussi vert et aussi réjouissant, nous n'en avons pas vu depuis Molde ; tout en bas, un damage de petits champs, un semis dense de maisonnettes,

au-dessus, des collines et des sommets couverts d'une végétation verte et bouclée, et tout en haut…

« *Styrman*, qu'est-ce que cette chose d'un bleu incroyable, accrochée aux montagnes, là-bas ? »

Le brave ours polaire originaire de Tromsø qui fait office de timonier à bord répond : « *Ja*, c'est le Svartisen. »

Bien, c'est donc le Svartisen, mais qu'est-ce que c'est, au juste, le Svartisen ? On dirait presque un glacier, mais d'un bleu irréel ; et puis, un glacier ne pourrait pas descendre aussi bas, entre ces petits bocages verts…

De près, c'est en fait un bois de bouleaux plein de cèpes et de bolets ; partout, poussent cette camarine aux baies noires, des genévriers nains, des dryades, des orchis tachetés et des séneçons dorés ; puis vient une moraine d'éboulis bruns, chauve, puis le glacier proprement dit, qui pend presque jusqu'à la mer : une gigantesque langue de glace vitreuse, épaisse de vingt mètres, tirée depuis les champs de névés, là-haut, entre les pics, un entrelacs de blocs de glace, de crevasses et de corniches ; et tout ça est d'un bleu cobalt, outremer, d'un bleu de chalcantite ; et si vous voulez savoir pourquoi on l'appelle la Glace noire, c'est parce qu'elle est si bleue qu'elle en fait mal aux yeux ; en contrebas, il y a un petit lac azuréen entre des icebergs turquoise.

« Ne t'approche pas tant, lance la voix conjugale angoissée, que ça n'aille pas s'effondrer sur toi ! » Le soleil chauffe, les crevasses du glacier grondent ; juste au pied de la glace bleue fleurit avec douceur un silène rose. Je vous le dis, le monde

*Svartisen*

est terriblement déconcertant ; quand, un jour, je me rappellerai tout ce que j'ai vu, je ne croirai pas que tout cela ait pu être vrai. Une chance que nous ayons aperçu ce glacier aujourd'hui ; il paraît qu'il recule, et que dans vingt mille ans à peine, il aura disparu, du moins c'est ce que dit le *styrman* ; mais espérons que d'ici là surviendra une nouvelle ère glaciaire. Là-haut, le glacier s'étend sur cinq cents kilomètres

Grønøy

carrés, paraît-il ; alors, il faut vraiment que je le touche du doigt – cinq cents kilomètres carrés, ce n'est pas rien.

Ce n'est que de loin qu'on se rend compte à quel point tout est vaste ici : les tours des montagnes et, derrière, cette chose bleue et blanche qu'est le Svartisen ; et cette crête, là-bas, c'est aussi le Svartisen, et celle-là, aux reflets impétueux, c'est toujours le Svartisen. Puis on tombe sur des îles vertes, les îles Grønøy ; de l'herbe jusqu'à la taille, un parc exubérant et magnifique, planté de saules, d'aulnes et de trembles ; sur les rochers jouent des belettes ; bref, un paysage typiquement polaire. Au-dessus de ces charmantes îles, hirsutes comme des moutons verts, la cime bleutée des montagnes, et, der-

rière, une bande qui brille de reflets métalliques : le Svartisen, encore et encore.

Il y a maintenant bien longtemps de ça, un petit écolier apprenait ses leçons : l'Europe du Nord est chauffée par le Gulf Stream, qui prend sa source dans le golfe du Mexique. Il l'imaginait alors, ce Gulf Stream, comme un puissant courant charriant vers les rivages polaires des plumes de perroquets, des noix de coco et Dieu sait quoi encore. On ne trouve pas de noix de coco par ici, certes, mais il y a tout de même du vrai là-dedans, et aujourd'hui, je crois volontiers que le nord de l'Europe est chauffé par le Gulf Stream, ou par un chauffage central quelconque. On dirait qu'il se plaît particulièrement ici, à Helgeland, et qu'il s'écoule tranquillement entre les rives vertes en soufflant un air doux, presque tendre. Ailleurs, comme à Glomfjord, où nous avons livré de la farine et du chou aux employés de la centrale électrique, il retient son souffle ; c'est pour cela que la mer y est si calme. Il y a peu d'endroits au monde aussi étranges et aussi silencieux que le fin fond de cette profonde poche que l'on appelle un fjord. D'ordinaire étroit, enfermé entre des falaises à pic, c'est le bout du monde,

comme l'extrémité de ces langues de terre qui avancent en pleine mer ; c'est la fin d'une langue de mer navigable, cernée par une terre vaste, inhospitalière et généralement déserte. Cependant, en contrebas d'une cascade, une turbine est accrochée à une corniche, des petites maisons sont alignées, c'est tout ; le reste n'est que draperies nues et vertigineuses dont les plis majestueux se reflètent dans les eaux vertes. Près de la mer, ces fjords créent une bande de terre où l'on croise quelques

champs, quelques cabanes et un petit village de paysans clairsemé ; y souffle un parfum de paix, de foin et de morue, car ici, on engraisse la terre des arêtes de morue.

◈

Dieu merci, le *Håkon Adalstein* n'a embarqué aucune congrégation, aucun voyage organisé ; ce bateau est vraiment douillet. Le vaste monde peut bien faire ce qu'il veut, ici, nous ne sommes qu'une poignée de fiers individus, sans guide et sans pasteur ; d'ailleurs, cela se voit sur nos visages. Nous, les hommes, ne sommes supportables que tant que nous restons des individus. À bord, il y a un docteur norvégien et sa femme, un beau couple silencieux, un autre Norvégien aux sourcils en queue d'écureuil, un jeune éditeur allemand qui ressemble à Ferdinand Peroutka[47] et sa jeune femme qui vient de Suisse ;

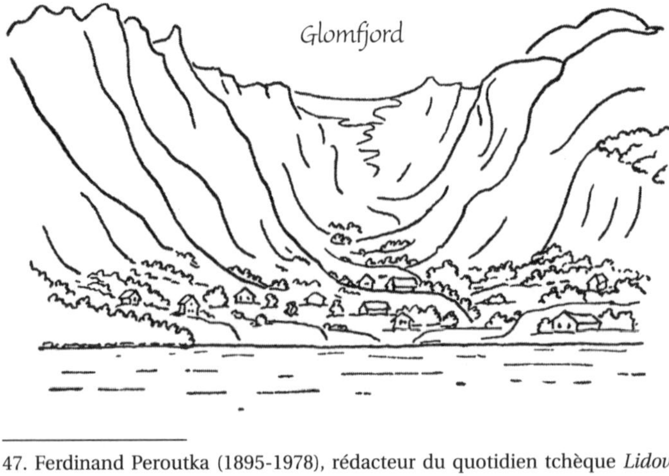


47. Ferdinand Peroutka (1895-1978), rédacteur du quotidien tchèque *Lidové Noviny* et homme politique socialiste.

et puis un professeur de musique allemand, gras, frisé et plutôt facétieux, un autre docteur norvégien, bref, des honnêtes gens, des gens du monde qui ont pris soin de s'approvisionner pour le voyage au *vinmonopolet* de Trondheim. Et puis il y a aussi un couple d'Allemands, des individus excités et efflanqués qui portent des lunettes ; l'homme parcourt sans cesse le pont, prenant des photographies à droite, à gauche, à la cadence d'une mitraillette, tandis que sa femme court derrière lui et cherche le nom des montagnes dans son guide de voyage ; la pauvre, elle a déjà un degré et demi de retard en latitude ; quand nous atteindrons le cap Nord, elle en sera encore à Gibostad sur la carte, ce qui déclenchera sûrement une scène de ménage. Et puis deux vieilles dames délicates ; je ne sais pas ce qu'elles vont faire au cap Nord, mais, décidément, on trouve des vieilles dames partout aujourd'hui ; quand le colonel Etherton[48] ou tout autre alpiniste se hissera enfin au sommet de l'Everest, il y trouvera sûrement deux ou trois vieilles dames. Et un autre docteur norvégien, mais celui-ci, il rentre chez lui, à Hammerfest ; c'est un jeune veuf accompagné d'un adorable bébé, qui ramène une fiancée, un joli brin de fille ; il est bien difficile d'exercer son métier, là-haut – le jeune docteur rend visite à ses patients du Finnmark sur un attelage de rennes ou traverse les *sunds* sur un canot à moteur : il dit qu'il est très désagréable de tomber en panne d'essence en pleine tempête dans la nuit polaire. Et puis il y a un soi-disant machiniste ; un

48. Le colonel Etherton participa à l'expédition de Lady Houston qui survola pour la première fois l'Everest en 1933.

homme d'un certain âge qui a exercé le métier de mécanicien sur des bateaux pendant des années, mais qui travaille désormais quelque part sur terre, dans une centrale électrique, et qui a pris des vacances pour aller voir le cap Nord ; seulement voilà, il dort depuis Trondheim, et le professeur de musique qui partage sa cabine prétend qu'il boit affreusement. De l'alcool pur, paraît-il, et des choses de ce genre. Et encore cinq institutrices ou postières norvégiennes ; il est vrai qu'elles forment un groupe, mais, comme elles ne constituent pas la majorité des passagers, elles sont inoffensives. Et une meute de scouts norvégiens, des garnements aux longues jambes qui campent sur le gaillard d'avant ; mais ils sont moins nombreux qu'hier, il a dû en tomber par-dessus bord. Arrivés aux Lofoten, on les avait tous perdus.

◈

Dans le Meløysund, le mécanicien affalé dans un fauteuil en osier s'est soudain réveillé et est tombé éperdument amoureux de la jeune Suisse – il n'a pourtant aucune chance ; il la dévisage avec des yeux lourds et embués, il montre tous les signes de la sobriété.

Pendant ce temps, les chaînes de montagnes défilent dans toute leur splendeur ; par ici, étincelantes comme des couronnes, par là, nuageuses et renfrognées ; certaines, au caractère bien trempé, sont solitaires, d'autres se donnent la main, heureuses de former ensemble un massif. Elles ont toutes un visage différent et pensent par elles-mêmes ; en vérité, je vous le dis, la nature est terriblement individualiste, et elle confère du caractère à tout ce qu'elle crée ; mais nous, les hommes, ça nous passe au-dessus de la tête. Encore heureux que nous donnions un nom à chaque montagne, comme nous le faisons pour les êtres humains ; les choses se contentent d'exister, alors que les personnalités ont ce droit d'être nommées : ce mont-ci s'appelle le Rota, celui-là le Sandhorn, et ainsi de suite. Les montagnes, les bateaux, les hommes, les chiens et les golfes marins ont leur propre nom : voilà ce qui fait d'eux des individualités.

Il y a un rocher, là-bas, qui s'appelle le Landegode et qui se situe peu après la ville de Bodø ; il est à ce point symétrique que l'on dirait une décoration manufacturée. Mais il doit être authentique ; quoi qu'il en soit, on le montre du doigt et on prétend que derrière se dessine la silhouette des îles Lofoten.

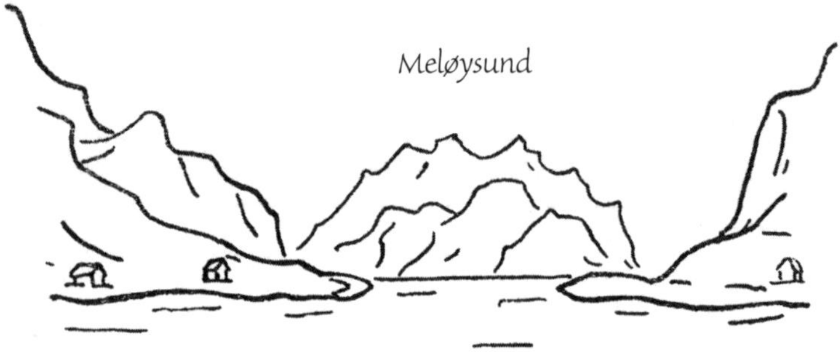
Meløysund

Rota

Ce pauvre Landegode est d'un si beau bleu sur le ciel et la mer de nacre dorée qu'il en perd sa dignité. Une montagne qui se respecte ne doit pas être aussi belle ; elle en devient, comment dire, efféminée.

« *Ja,* dit le *styrman,* c'est précisément ici qu'un bateau a coulé l'année dernière. »

## LES LOFOTEN

Remettons les choses à leur place : alors que l'on parle des Lofoten, il faudrait en réalité dire le Lofoten[49], même s'il s'agit d'un groupe d'îles, d'îlots, d'écueils, de récifs et autres rochers dispersés sans retenue dans la mer ; voyons, quand on sait qu'il y a cent cinquante mille îles et îlots en Norvège, il faut bien qu'ils se trouvent quelque part.

Un premier coup d'œil matinal sur les Lofoten depuis le hublot de la cabine offre avant tout au regard ébahi une mul-

49. En norvégien, le suffixe *-en* est une marque de singulier.

titude étrange de blocs de pierre disposés dans toutes les configurations imaginables ; ils sont complètement chauves et d'un brun doré sur la surface opaline et laiteuse de la mer ; à de rares endroits jaillissent de leurs aisselles des touffes d'une herbe rêche ; ce sont de beaux rocs, polis par le ressac, des tours fendues par les vents, des agrégats de pierres, des troupeaux de rochers ou des cailloux solitaires ; de-ci de-là, un petit phare ou une tour de guet ; par-ci par-là, des échafaudages de très longues perches, sans doute destinés à faire sécher des morues ; c'est donc ça, les Lofoten. Et quand on monte sur le pont pour mieux voir, on s'aperçoit que, de cette dentelle de rochers, jaillit vers le ciel un bouquet de montagnes.

Un bouquet de montagnes : impossible de le dire autrement ; on voit bien ici que le granit a été le premier à fleurir dans le monde, bien avant le merisier ou le lilas. « Et Dieu dit : Que les eaux qui sont au-dessous du ciel s'assemblent en un seul lieu et que le sec paraisse. Et il en fut ainsi. Et Dieu appela le sec terre, et il appela l'amas des eaux mer. Et Dieu vit que

Lofoten

cela était bon. » Et c'était vraiment très bon, voire simplement fabuleux. Aux Lofoten, cependant, ce n'est pas un lieu sec qui apparut, mais une multitude, à laquelle Dieu donna les noms de Moskenesøy, Flakstadøy, Vestvågøy entre autres, et il leur conféra un pouvoir particulier : en ces lieux secs, les rocs et les pierres se mirent à proliférer comme nulle part ailleurs ; puis les montagnes se mirent à jaillir comme des arbres en plein bois ; il y a bien assez de granit ici pour qu'elles semblent même pousser dans la mer – en vérité, elles poussent vraiment à même l'eau : certaines en boqueteaux touffus, comme les frênes, les chênes et les ormes, d'autres hautes et abruptes comme des pins, des bouleaux ou des peupliers. Ainsi naquit un jardin de montagnes, que l'on appela Lofoten ; et cela était bon. On dit que ce sont des rochers pelés, certes, mais ils libèrent une impression de profusion et d'exubérance ; vanité de la gloire !, toute création digne de ce nom doit travailler à partir d'une surabondance, et on ne peut pas créer de montagnes sans une bonne dose de fantaisie. C'est pourquoi il faut aller jusqu'aux Lofoten pour voir tout ce que l'on peut faire à partir de chaque matériau, même aussi lourd que le granit, le gneiss, le micaschiste ou le schiste archéen.

Quant aux hommes, ils ne peuvent se nourrir de roches, voilà pourquoi ils vivent de cet amas d'eaux que Dieu a nommé la mer ; et ils pêchent le flet, le saumon, la truite de mer et surtout la morue. Que l'endroit se nomme Balstad, Leknes, Stamsund, Henningsvær ou Kabelvåg, partout on y trouve des quais de bois montés sur pilotis où l'on décharge, dans un grondement empressé du treuil, des produits méridionaux tels le chou, la farine, le ciment ou les briques rouges ; en échange, on embarque des barils de morue, des tonneaux de morue, des cageots de morue ou des centaines de fagots de morues séchées – comme le bois mort, elles sont attachées par une simple ficelle et ressemblent à des bottes d'écorces séchées, tordues et craquantes ; une telle puanteur indique qu'il s'agit de nourriture. À part cela, une douzaine de maisonnettes en bois dont neuf sont des cafés, que l'on appelle ici *kaffistova*, un bureau de poste, deux magasins vendant diverses boîtes de conserve, des friandises et du tabac, et la rédaction de l'*avisen* local. Tout le reste (exception faite des poteaux télégraphiques et des rochers) n'est que morues suspendues à de longues perches, à des châssis ou à des chevalets, dégageant une odeur de colle moisie et frémissant doucement dans la brise nordique. J'aurais bien aimé en apprendre plus long sur la vie des pêcheurs des Lofoten, mais, à cette

*Henningsvær*

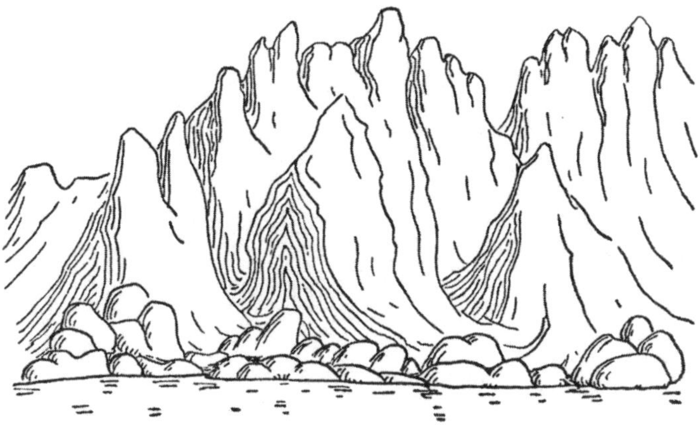

saison, ils semblent se contenter de faire sécher les morues qu'ils ont pêchées au printemps ; je vous le dis, c'est vraiment une vie dure et héroïque.

Il y a des endroits comme Melbo (mais on est déjà dans les Vesterålen) où les châssis destinés au séchage des morues sont les plus grandes constructions de toute la ville – de véritables cathédrales de morues, où, en guise d'orgues, bourdonnent des milliards de mouches, et où la puanteur des morues monte au ciel tel un encens nordique ; alentour, des centaines de milliers de têtes de morues coupées, desséchées vous adressent un rictus provocateur. Il y a ici, à Melbo, un pont qui enjambe une baie verte ; cette baie fait aussi office de décharge publique, de sorte que le voyageur peut à loisir cracher dans l'eau en observant, sur le fond, de vieilles boîtes de conserve, des chats crevés, des étoiles de mer, du goémon, des marmites cassées, des cerceaux, des tessons de verre et de la pourriture, le tout formant dans ces flots d'un vert lim-

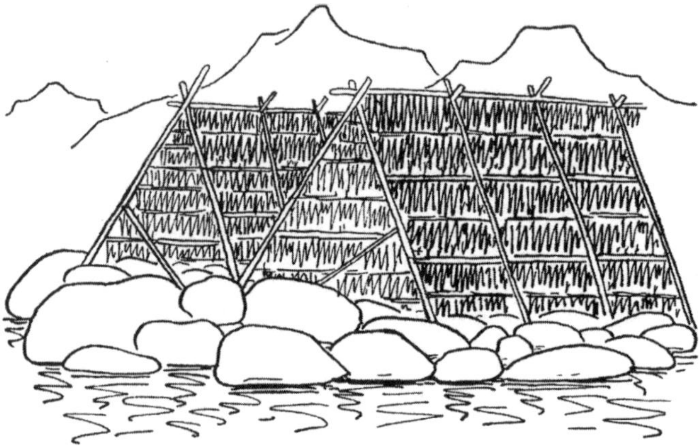

*Melbo*

pide un amas évanescent aux reflets turquoise et argenté, d'une phosphorescence féerique. Et une baudroie se tortille paresseusement dans la vase, une bouteille de bière pleine est plantée au fond de l'eau, solitaire, verticale, sans doute abandonnée par un plongeur ou un quelconque dieu de la mer.

Mais le voyageur peut aussi, tandis que l'on décharge la farine pour les Lofoten, descendre sur la terre ferme et aller à pied de Kabelvåg à Svolvær ; il découvrira, derrière les rochers nus du rivage, un pays vert et alpestre, couvert de pâturages, de trembles et d'aulnes ; là, chaque maisonnette de bois dispose d'un petit jardin dans lequel l'aconit et la dauphinelle fleurissent glorieusement, presque frénétiquement, et, à chaque fenêtre, des géraniums écarlates et des bégonias aux grandes fleurs cramoisies – quelle débauche florale par-delà le cercle polaire ! Il découvrira une petite baie dans laquelle il pourra se baigner et lézarder sur le soixante-huitième parallèle, et où il pourra affirmer, tout bleu, que ce bain était délicieux ; après quoi les gens du coin lui offriront l'hospitalité, et le pèlerin pourra se rhabiller dans leur cabane, parmi les filets de pêche en claquant des dents. Et il découvrira une serre dans laquelle fleurissent des rosiers grimpants et mûrissent des tomates, puis il quittera Svolvær et mettra le cap, disons, sur Brettesnes. Et une fois là-bas ? Rien, nous y livrerons de la farine ; et les habitants viendront nous voir, les beautés locales feront le tour des quais, et deux ou trois jeunes gens un peu plus intrépides monteront à bord pour examiner d'un œil expert notre navire dans ses moindres recoins ; du reste, c'est monnaie courante dans la région, cela doit faire partie des événements et des réjouissances du Nord. Et presque partout, sur l'embarcadère, un chien gris au long poil nous attend, qui se faufile à bord et vient s'allonger à nos pieds ; et quand le bateau a déjà corné trois fois, le *styrman* est obligé d'intervenir et tire le chien par son collier hors du bord. On dirait qu'il

s'agit toujours du même chien aux longs poils ; en arrivant dans chaque port, nous nous réjouissons à l'idée de voir « notre chien » nous saluer en remuant sa lourde queue.

Eh bien, adieu, mon petit chien, nous voilà repartis ; et ce chenal lisse et éclatant entre les pics des montagnes, c'est le Raftsundet ; une route entre des haies de glaciers, de tours et d'escarpements, un chemin entre des bastions de moraines et des avalanches d'éboulis, une voie sacrée bordée d'une rangée de montagnes ; c'est la route qu'il faudrait emprunter pour se rendre jusqu'au château du roi d'Ultima Thule[50], mais en fait, elle ne mène qu'à Melbo. Notre destination n'a plus d'importance ; chaque port n'est qu'une petite étape de réalité dans un voyage qui est un rêve ; et quiconque navigue sur le Raftsundet ne devrait jamais arriver nulle part et devrait se dissoudre avec son bateau en un simple reflet. Après quoi, ceux de Melbo et Stokmarknes demanderaient : comment se fait-il que le *Håkon Adalstein* n'est pas passé aujourd'hui ? Eh bien voilà, il n'est pas arrivé à destination ; il a dû se volatiliser comme par enchantement dans le Raftsundet, il s'est transformé en un navire fantôme ; cela arrive, à Ultima Thule.

Partout dans le monde, il y a des heures, vers midi, où tout semble plat, sobre et, en somme, sans grand intérêt ; c'est sans doute dû au fait que le soleil est haut dans le ciel et qu'il

50. « Jusqu'au château du roi d'Ultima Thule » : vers tiré d'une chanson de Marguerite dans le *Faust* de Goethe. Ultima Thule désignait au Moyen Âge l'île la plus au nord de l'océan Atlantique, probablement l'Islande, qui symbolisait le bout du monde.

ne projette que des ombres courtes, ne donnant jamais aux choses un relief suffisant. Ici, dans le Nord, c'est différent ; le soleil est toujours si bas sur l'horizon que les ombres sont

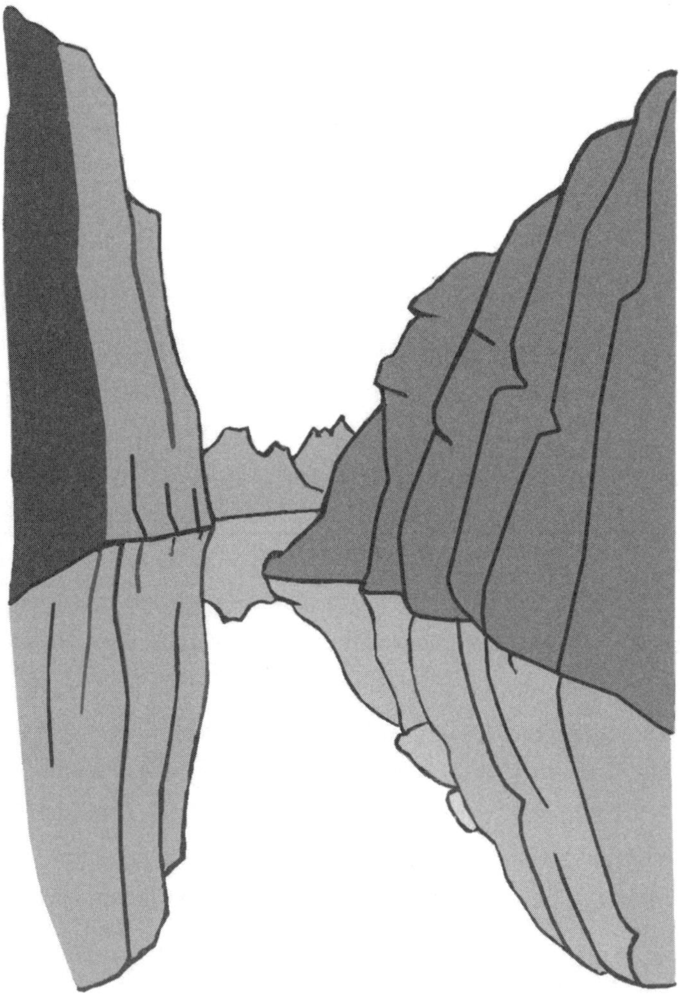

longues et riches, comme chez nous lorsque le jour décline et que viennent les heures magiques de fin d'après-midi – alors, la lumière prend une teinte dorée, les ombres s'allongent, les objets s'estompent, leurs contours s'adoucissent et le relief s'impose plus que dans la lumière du jour, crue et blanche ; on distingue dans une netteté absolue chaque précieux détail sur le visage du monde, mais avec le séduisant et majestueux recul de la distance. Le jour boréal a la douceur de la fin d'après-midi ; à tout prendre, mon cher, je choisirais la lumière du Nord.

Soudain, le *Håkon Adalstein* change de cap et vogue droit sur une barrière de rochers ; ce n'est qu'au dernier moment qu'une brèche étroite apparaît, et le bateau se glisse alors entre des parois à pic sur une eau calme et impassible comme la surface d'un miroir ; nous sommes dans la baie des lutins, le Trollfjord, et elle en a tout l'air. De l'avis d'un expert, le Trollfjord est « *en viden kjent fjord, trang med veldige tinder på begge sider*[51] » ; *begge sider* doit signifier « les deux côtés », et *veldige tinder*, quelque chose comme « les falaises » ; il y a vraiment des murs de roches de chaque côté, mais là n'est pas le plus curieux ; ce qu'il y a de terrible, c'est que l'on ne distingue plus le bas du haut, tant le reflet est impénétrable et sans fond. Et l'embarcation glisse en silence, tel un spectre, comme si elle avait peur de tout cela ; elle plane sur une mince bande de ciel, entre des parois abruptes, qui plongent et s'élèvent comme

51. « Un fjord célèbre, encadré des deux côtés par des falaises. »

un abîme, tandis que, tout en haut, s'ouvre un petit fjord de ciel bleu. Allez savoir, c'est peut-être ainsi qu'il en va dans l'autre monde : les choses doivent y flotter dans l'infini et l'irréel, et l'homme y être pris d'une angoisse intense.

◈

Et pour que vous n'alliez pas vous plaindre, je vous fais un prix de gros : avec les Lofoten, je vous mets en prime les Vesterålen ; c'est aussi un archipel, mais il n'a pas vraiment réussi à devenir indépendant ; par exemple, une moitié de l'île de Hinnøy fait partie des Lofoten et l'autre moitié des Vesterålen, de même pour l'île d'Austvågøy. Si j'étais elles, je choisirais les Lofoten, mais je n'ai pas l'intention de me mêler de la vie privée de ces îles.

Les Vesterålen sont un endroit prodigue en morues séchées et en nuages ; alors que nous nous dirigeons vers ces îles, de petits nuages sont en train d'éclore. Un petit mouton de brume s'élève d'abord d'une cuvette rocheuse ; il grimpe rapidement et s'accroche au sommet d'une montagne, où il flotte un instant comme un étendard, s'agite et se déploie, puis se détache, se met en route et verse une poignée de pluie sur une mer d'acier. Au même moment, les stations météorologiques de nos régions annoncent qu'une dépression approche depuis le Nord. Ailleurs, un autre petit nuage blanc vogue dans le ciel, mais se prend dans le sommet d'une montagne et ne peut aller plus loin ; il voudrait bien se libérer, il fait tout ce qu'il peut, mais il se déchire en quelque sorte ; il s'affaisse, se dégonfle et plonge tout doucement, il s'étend sur les mon-

Vesterålen

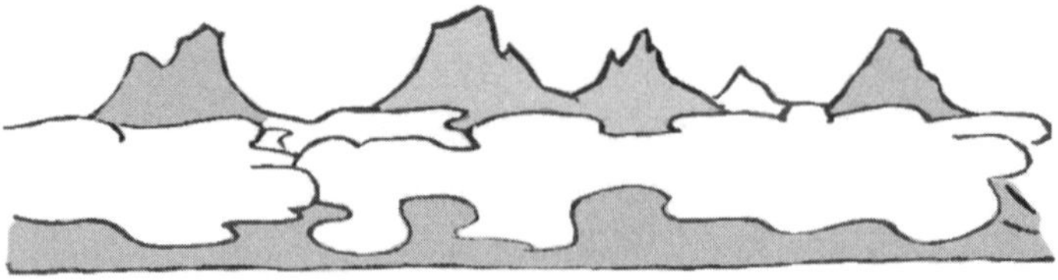

tagnes comme un lourd édredon, il se met à dégouliner comme une épaisse purée ou comme de la crème, pour enfin se désagréger, misérable, faible, impuissant, en lambeaux de brouillard. Voilà ce qui arrive quand on ne fait pas attention aux sommets des montagnes. Mais ces haillons de brume reprennent rapidement du poil de la bête dans le giron même des montagnes ; c'est ainsi qu'on fabrique les nuages aux Vesterålen, en Islande, au Groenland et ailleurs.

◈

À Melbo, le prétendu machiniste se remit à boire, mais sans doute pour noyer son chagrin, cette fois ; je pense que derrière tout cela, il y avait cette belle Suisse. Il but de l'alcool pur jusqu'à Stokmarknes, puis, un peu avant Sortland, il sombra dans l'inconscience ; le professeur de musique allemand qui partageait sa cabine le borda alors soigneusement, et, soucieux, le veilla toute la nuit pour s'assurer qu'il était encore vivant. Enfin, je dis toute la nuit, mais il n'y avait pas de nuit ; vers minuit, tout au plus, la lumière devint étrange et incertaine, on en eut le cœur serré, les passagers se turent, le joyeux professeur allemand parla de la mort de sa mère avec des larmes dans les yeux, et puis le jour blanc revint. Voilà, on alla alors se coucher, sans vraiment savoir pourquoi. Et puis, tout à coup, boum !

« Tu as entendu ce coup ? »

« Mmh » grommela l'homme marié.

« On n'aurait pas heurté quelque chose ? »

« *Ne-e-ei.* »

« Alors c'était quoi, ce choc ? »

« Je ne sais pas, moi, on a crevé ? »

Mais ce n'était pas un pneu ; seulement un baleinier, à quelques encablures de là, qui venait de tirer un harpon. Quel dommage d'avoir raté ça.

## TROMS

« *Litt bagbord* [52] » ordonne le petit officier sur le pont.

« *Litt bagbord* » répète l'homme à la barre en tournant le gouvernail.

« *Hart bagbord!* [53] »

« *Hart bagbord.* »

« *Stödig!* [54] »

« *Stödig.* »

Ici, sur la gauche, c'est la Trondenes Kirke, la plus ancienne église de pierre de la région, encore aujourd'hui entourée de remparts.

Le jour est gris, la mer, couverte des plumets blancs des vagues, est grise ; une pluie froide tombe par instants. En bas, dans sa cabine, le mécanicien pousse des râles ; il n'a pas émergé depuis vingt-quatre heures, et le gros professeur allemand est presque amaigri par tant de soucis. Il est vrai qu'il ne parle pas un mot de norvégien ; et le mécanicien, lui, est incapable de proférer le moindre mot depuis Trondheim ;

---

52. Légèrement à bâbord.
53. Plus à bâbord.
54. Encore.

mais quand les hommes vivent en société, ils éprouvent un peu de compassion les uns pour les autres, non ?

« *Litt styrbord*[55] » lance l'officier.

« *Litt styrbord.* »

« *Stödig!* »

« *Stödig* » répète l'homme à la barre, ses yeux bleus plongés dans l'horizon laiteux.

Les nuages se dispersent, la journée sera belle. Ce port minuscule, humide et grisâtre, c'est Rolla ; du brouillard, des pierres et des morues, rien de plus, le tout dominé par des montagnes, des montagnes et des nuages, toujours et encore. Une fois que l'on aura déchargé la farine pour les gens de Rolla, nous reprendrons notre voyage en quête de nouveaux

55. Légèrement à tribord.

nuages. Saperlipopette, on est gelé jusqu'aux os quand on est au vent ! Capitaine, que dit le baromètre ?

« Il descend. »

« C'est mauvais, non ? »

« *Ne-e-ei*, c'est très bien. On va avoir un vent d'ouest. »

Regarde les méduses irisées monter dans la pénombre verte, sous les lumières du port, pareilles à d'immenses crachats ; regarde les étoiles de mer pourpres et dorées déployer leurs bras rigides, et les petits poissons foisonnants, et ce méandre de reflets éternels et vacillants sur l'eau – ma foi, c'est vrai qu'il fait froid ; mais tu ne perçois donc pas la beauté triste qui règne ici ?

◈

Une averse se met à crépiter sur le pont, couvrant la mer et les rochers d'une étoffe argentée ; les planches mouillées fument au soleil, un arc-en-ciel tend sa douce courbe entre la mer et les montagnes, puis passe une ondée claire, et le jour

se fait tendre, radieux. Le *styrman* nous emmène découvrir l'arrière-pays de Troms ; c'est sa terre natale.

« *Ja,* Troms, grogne le jeune géant. Vous me direz ensuite si c'est aussi beau, chez vous, en bas. »

Et il nous conduit vers les montagnes par une longue vallée de bouleaux et de forêts, une vallée de torrents grondants, une vallée de huttes de bois couvertes de gazon ; dans les forêts de bouleaux, des petits lacs pleins de truites bleues, des petits ruisseaux qui s'enfoncent sous les rochers, de vieux éboulis depuis longtemps recouverts par la végétation, des petits marais de tourbe brune sur lesquels poussent de la canneberge, des airelles, des fougères, des crypsides et des petits saules bleu clair – il a raison, le *styrman.* Un lac sombre au fond d'une vallée, une rivière verte et argentée qui descend en cascades entre des blocs de pierre brune, et les voiles blancs des chutes d'eau qui pendent du haut des montagnes. Le *styrman* a raison.

Derrière le village marron, des cabanes circulaires entièrement recouvertes d'herbe ; là sont les premiers Lapons que nous rencontrons ; ils ont beau être sédentaires, ils vivent dans une terrible misère ; surgit une nuée d'enfants, tous plus ou moins atteints de rachitisme, et craintifs comme des loirs. L'armature de ces huttes est en bois ; on entasse dessus de l'herbe, quelques pierres et quelques bouts de bois pour consolider le tout ; au sommet, on plante un tube de tôle, et voilà ; une bonne douzaine de personnes vivent là-dedans. J'ignore de quoi, mais ils ne demandent pas l'aumône, ni ne volent ; ils sont pour la plupart blonds au regard clair, mais on voit bien à leurs yeux et à leurs pommettes que l'on est dans un autre monde.

Le *styrman* a raison : la forêt nordique est sans fin, même réduite à un bouleau noueux et rabougri, un peu fantomatique avec ses branches blanches, ou à un rare pin difforme,

à un buisson d'aulnes et de saules nains, aux souches et aux chicots de ce qui devait être une forêt avant que ne frappe l'homme, une avalanche, ou toute autre calamité. En vérité, on a plus affaire à de la toundra qu'à de la forêt ; il y a si peu de terre, ici, qu'on ne peut même pas planter un poteau télégraphique ; il faut le caler avec des pierres pour qu'il tienne. Sur des milles et des milles (je compte bien sûr en milles marins), aucune demeure humaine, tout au plus une cabane lapone en ruine ; et pourtant, aux abords de la toundra, une boîte aux lettres est accrochée au tronc d'un bouleau ; si je savais qui vient là pour relever son courrier, je lui enverrais

mes vœux à Noël et des cartes postales de différents pays et villes du monde, uniquement pour qu'ils arrivent dans cette boîte perdue au milieu de la forêt scandinave. Et comme ici, dans les montagnes, ils ne peuvent pas faire sécher de morue, ils font au moins sécher de la tourbe sur de longs étais. Si j'ai dessiné tout cela, c'est pour que tout le monde puisse voir que le *styrman* a raison, et que Troms est la plus belle région du monde. J'ai même dessiné les petites vaches norvégien-

nes sans cornes en train de brouter des touffes d'herbe hirsutes au milieu de bouleaux, mais je n'ai pas su représenter Bardufoss : c'est trop grand, et je ne sais pas dessiner une cascade qui fasse tourner la tête au lecteur et qui lui donne l'irrésistible envie de plonger dans une eau écumante, volante et mugissante. À la place, j'ai crayonné la vallée de Målselv et sa rivière, dont la surface évoque un lac et que nous avons traversée en bac ; là-haut, la neige était rose, les montagnes richement flavescentes, et Målselv bleue, verte et dorée ; bref, le *styrman* avait raison : *ja, en herlig tur*[56].

Et par-dessus le marché, j'ai dessiné les petites maisons norvégiennes de Bardudal et de Målselvdal ; comme vous pouvez le voir, certaines sont posées sur des pieds, d'autres sur des soubassements cyclopéens, sans doute à cause de la neige et de l'eau ; elles sont faites de rondins et de planches

56. « Oui, un voyage magnifique. »

brunes, agencées alternativement à la verticale et à l'horizontale, ce qui confère aux chalets norvégiens un air singulier et expressif ; de leurs fenêtres aux montants gracieusement agencés pendent quantité de fleurs, et, au lieu d'un toit, ces maisons sont couvertes d'un chapeau touffu de mousse, d'herbe et de salicaire, voire de bouleaux ou de petits sapins.

Bref, le *styrman* avait raison. « *Ja*, gronde le jeune géant. Mais attendez de voir Tromsø. » Il faut dire que le *styrman* a sa femme à Tromsø[57].

## DES *SUNDS* ET DES FJORDS

Je sais qu'on ne peut pas les raconter avec des mots ; avec des mots, on peut parler d'amour, de fleurs des champs, mais de rochers, c'est plus difficile ; est-il possible de décrire avec des mots le profil et la forme d'une montagne ? On parle généralement de silhouettes fantastiques, de pics sauvages, de massifs puissants, etc., mais ça ne va pas ; avec de simples mots, on ne peut pas suivre la ligne des crêtes comme avec son pouce, pincer les plus hautes cimes, découvrir joyeusement à tâtons leurs arêtes, leurs failles et leurs faces lisses ; avec des mots, on ne peut pas palper les ramifications des montagnes, leur colonne vertébrale saillante, leurs membres puissants, leurs jointures nerveuses, leurs formidables nuques, reins et bassins, épaules et cuisses, genoux et jambes, articulations et

57. Tromsø, appelée aussi la Paris du Nord, capitale de la région du Troms ; dix mille habitants, siège d'un *vinmonopolet*, d'un évêché et d'expéditions de chasse aux phoques ; une ville également remarquable pour son musée, pour ses environs magnifiques, et pour le fait qu'elle se trouve sur le soixante-dixième parallèle. Un commerce florissant de cartes postales, de chocolat, de chaussons lapons, de tabac, ainsi que de fourrures nordiques ; j'aurais pu acheter en souvenir une tête de morse fraîche, mais elle était trop grosse et sentait horriblement mauvais. Les trottoirs de la ville de Tromsø sont abondamment animés de Lapons en costume traditionnel et d'ours blancs empaillés ; bref, c'est tout ce que je sais de Tromsø, outre que c'est d'ici qu'Amundsen s'envola avec des aviateurs français pour son dernier voyage dans le Nord ; un petit monument situé sur le port rappelle l'événement. *(Note de l'auteur.)*

muscles ; mon Dieu, quelle anatomie, quelle beauté ! Quelles superbes bêtes glabres ! Je vous le dis, on peut voir et tâter tout ceci avec les yeux, car les yeux sont un instrument divin et la meilleure partie du cerveau ; ils sont plus sensibles que le bout des doigts et plus aigus que la pointe d'un couteau ; on peut en faire des choses avec les yeux, mais les mots, mon cher, ne sont bons à rien ; d'ailleurs, j'arrête de raconter ce que j'ai vu.

J'ai donc essayé de dessiner de mes doigts gourds ce que j'ai vu ; qu'il y ait eu du vent ou non, j'ai croqué une montagne après l'autre : celle-ci, terriblement trapue, qui révèle ses crêtes athlétiques, ses aines et ses hanches, comme un animal au repos ; ou bien celle-là, blonde et pressée tel un tas de sable, comme si quelqu'un l'avait créée en amoncelant des pelletées d'éboulis ; ou encore celle-ci, qui ressemble à un trône de pha-

Lyngsfjord

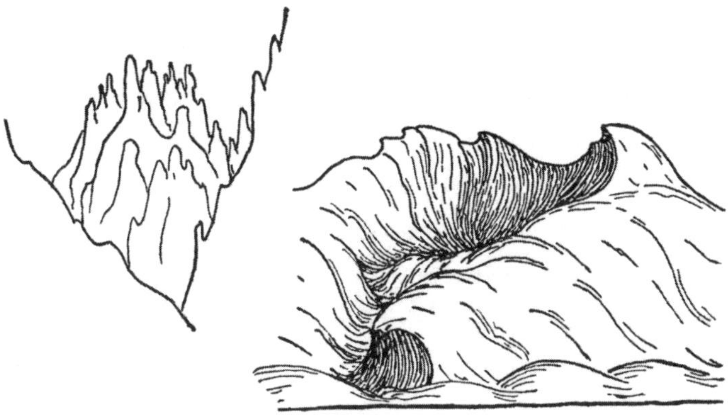

Lyngsfjord

raon, avec pour bras une moraine et pour dossier un glacier ; cette autre, chantournée et creusée, comme le cratère d'un volcan, et celle-là, grignotée comme une tranche de pain, celle-ci, hérissée d'aiguilles de schiste, et je ne sais quelles autres encore ; si au moins j'étais géologue, je saurais comment tout cela s'est formé ! Au vent, je reniflais de mon nez gelé au-dessus de mon carnet, et, sous le vent, je frottais mes mains glacées afin de n'omettre aucune montagne ; mais, quoi que l'on fasse, rien n'y fait ; j'ai compris qu'on ne pouvait dessiner l'air ni la couleur, qu'il faudrait les décrire avec des mots ou par tout autre moyen ; les ombres là-bas sont diaphanes comme de la calcédoine, lisses comme du fer, tendues comme une étoffe ; une lumière dorée, oblique, une mer chatoyante et claire, une mer de satin, et un air bleu si pur, si cristallin ; et, là où la mer rejoint la terre, une mince ligne argentée apparaît, brillante comme du mercure ; mais, pour ce qui est de la mer, c'est peine perdue, aussi bien avec un crayon qu'avec des mots. Car le vaste océan lui-même est indicible ; il a ses instants effrayants de bleu indigo, de gris humide et froid, de blond opalin et fondu ; il est strié par les crêtes blanches du ressac, hérissé de vaguelettes courtes et tranchantes ou rayé par les longs rouleaux d'une mer lourde ; mais tout cela n'est rien en comparaison des eaux des *sunds*. Ici, la mer est parcourue de fines ondulations argentées, comme un lac de montagne ; on contourne une langue de terre, et le *sund* vire au gris plomb, tandis que de longues vagues aux cimes blanches commencent à se renvoyer le bateau les unes aux autres. Cette

vague-là, à l'horizon, c'en sera une belle ; elle roule tout droit vers notre navire, rassemble toutes ses forces, gronde, mugit et se rue sur nous ; mais elle a mal calculé son coup, nous l'avons traversée et c'est à peine si nous avons été secoués ; en voilà une autre qui se jette sous le bateau et nous prend sur ses épaules ; sens-tu comme nous montons ?

Ha, ha, c'est quelque chose ! Bon, et maintenant, voilà que nous retombons, tandis que la poupe s'élève ; jusqu'où se hissera-t-elle ? Elle s'est arrêtée et hésite un instant ; puis on entend un craquement, un murmure, et le *Håkon* tout entier gîte d'un bord à l'autre et d'avant en arrière, l'eau éclabousse le pont ; et le pèlerin se tient au bastingage, et il a envie de pousser des cris de joie ; mon gars, ça, c'est quelque chose ! Attention, attention, en voilà une encore plus terrible ; elle a des griffes blanches et se cabre comme si elle allait bondir ; mais elle s'est volatilisée d'un coup sous le bateau ; quoique, pas vraiment : elle nous prend, la proue s'envole dans les airs, que va-t-il se passer ? Rien, le bateau retombe doucement en

Tromsøfjord

planant et craque joyeusement de toutes ses jointures. À présent, nous sommes probablement de nouveau derrière une île, protégés du vent ; seules de courtes vagues viennent heurter le flanc du navire dans de désagréables secousses. En travers du *sund* scintille une ligne d'argent ; nous naviguons tout à coup sur un long lac couvert de rides tendres et douces ; les rocs bleus et dorés aux sommets couverts de neige se reflètent dans des milliers de petites facettes miroitantes. Le *sund* se resserre, ce n'est plus qu'un étroit sentier entre les falaises ; ici, l'eau s'est muée en irréalité absolue, d'un vert profond, lisse comme de l'huile et silencieuse comme un rêve ; ne respire pas, sans quoi tu la troublerais et briserais le reflet pur et écrasant des montagnes ; une magnifique queue de paon d'eaux onduleuses traîne solitaire derrière la quille du bateau. Puis les montagnes s'écartent et apparaît une vaste étendue lumineuse, pleine du ciel, ondoyante comme la soie la plus brillante, rutilante et nacrée, onctueusement huileuse ; les chaînes de montagnes, d'or et d'améthyste, s'y mirent en des

lueurs veloutées et furtives. Mon Dieu, que suis-je censé faire de ça ! Mais nous n'y sommes toujours pas, car un *sund* n'est qu'un *sund*, tandis qu'un fjord est, comment dire, eh bien, c'est une chose qui ne fait plus partie de ce monde, une chose indescriptible, impossible à dessiner ou à jouer au violon ; mes amis, je jette l'éponge ; est-ce que je peux rendre compte de quelque chose qui n'est pas de ce monde ? Pour résumer, disons qu'il y a des rochers partout et, plus bas, la mer lisse sur laquelle tout se reflète ; voilà. Et ces rochers sont couverts de neiges éternelles et des cascades en tombent comme des rideaux ; l'eau est transparente et verte comme une émeraude, disons, tranquille comme la mort ou l'éternité et terrible comme la Voie lactée ; et ces montagnes semblent parfaitement irréelles, car posées sur aucun rivage, mais sur un simple reflet sans fond ; je vous l'avais dit que tout cela n'est qu'illusion ! Et parfois, quand dans le monde réel vient le crépuscule, un voile de brume monte des eaux, fin et dressé, duquel émergent les cimes et les massifs des montagnes,

gonflés de nébulosités cosmiques ; vous voyez, je vous le disais bien que c'est un autre monde ! Et nous ne sommes plus le *Håkon Adalstein*, mais un bateau fantôme qui glisse sans bruit à la surface du silence ; voici l'heure zéro, que sur la terre des hommes on appelle minuit, mais, dans cet autre monde, il n'y a ni nuit ni temps. Et j'ai vu des arcs-en-ciel de minuit tendus de rivage à rivage, un coucher de soleil doré et humide se refléter dans la mer par une aube glacée ; j'ai vu les lueurs de l'aurore et du couchant se fondre en un rayonnement palpitant des eaux, le peigne d'argent du soleil caresser la surface étincelante de la mer. Les sentiers brillants des dieux marins se mirent alors à scintiller furieusement sur les eaux et le jour fut. Bonne nuit, bonne nuit, car c'est le jour, la première heure ; les montagnes se dissimulent derrière un voile de soleil ; au nord, le vaste *sund* luit d'une blanche clarté, la mer clapote froidement et le dernier passager du bord plonge frileusement dans un nouveau livre.

## PORTS ET ESCALES

Ma foi, j'allais presque oublier les ports ; mais ici, il n'y en a plus un seul, à part Lyngseidet et Skjervøy, et un autre dont je ne me rappelle plus le nom, où fleurissent quantité de dauphinelles sauvages, de salicaires, de laitues des Alpes et de lamiers ; cela n'a plus vraiment d'importance. À Lyngseidet se dresse une petite église blanche en bois au milieu de filets

de pêche qui sèchent, il y a une foule de carrioles pour les touristes, et, un peu plus loin dans la verte vallée, un camp de véritables Lapons nomades ; ils viennent s'installer ici au début de la saison touristique et vivent selon leurs coutumes ancestrales, semi-sauvages, trayant des rennes, pratiquant la magie et vendant aux touristes des coutelas taillés dans des bois de rennes, des chaussons lapons, de la broderie et des chiens polaires. D'après ce que j'ai pu comprendre, les Lapons tirent l'essentiel de leurs ressources d'allées et venues entre Narvik, Tromsø et Hammerfest en costume pittoresque (pantalons étroits, chausses allongées en forme de bec, pourpoints noués par une ceinture et plumet rouge au chapeau), et de la vente aux touristes de cuillers sculptées, de fourrures et de bois de rennes ; ils gagnent aussi quelques sous en se faisant photographier devant les tentes dans lesquelles ils vivent. Du reste, ils sont très humbles, menus et plutôt dégénérés ; et ils ont une oreille extraordinaire, une oreille de sauvage.

« Čapek, me lança-t-on en tchèque, viens voir ce petit ! »

« Čapek, viens voir ce petit ! » répéta distinctement une Lapone en souriant et dans un tchèque parfait.

« Čapek, grommela un grand-père ratatiné, viens voir ce petit ! Čapek ! Čapek ! »

« Čapek » se mit à brailler le campement tout entier.

« Karel, tu les entends ? » me demanda-t-on en tchèque.

« Karel, tu les entends ? » répéta tout le camp en liesse.

« Čapek, viens voir ce petit ! »

« Čapek, Čapek ! »

« Mais ce sont des canailles » dis-je tout haut, surpris.

Une vieille hocha gravement la tête. « Mais ce sont des canailles, dit-elle. Karel, tu les entends ? Čapek, viens voir ce petit ! »

(J'ai fini par le dessiner, ce petit. Malheureusement, il n'était pas à vendre.)

Bref, revenons à ces fameux ports : ils se ressemblent tous, ils ne diffèrent que par leur taille. À certains endroits, le port n'est rien d'autre qu'un hangar de bois, hormis une ou deux cabanes de pêcheurs, brunes et sombres comme les rochers sur lesquels elles sont construites ; ailleurs, une véritable petite ville de bois se déploie autour du port et de ses entrepôts pansus : un *hotelet*, neuf *kaffistovas*, deux ou trois *forret-*

*ningen*[58] qui proposent tous les articles possibles et imaginables, une rédaction de journal et parfois aussi une église. Le jour, cela n'a rien d'extraordinaire, c'est ennuyeux, propre et plutôt désert ; mais quand on y jette l'ancre (je veux dire quand un bateau accoste) à l'heure zéro, à une ou deux heures du matin, cela a un charme étrange et mélancolique ; tout est fermé, mais les enfants jouent près du port, les jeunes gens se promènent le long de la grand-rue, et un groupe de notables locaux emprunte le *brygge*[59] pour discuter avec le capitaine ou le *styrman* de la marche du monde et des dernières

58. *Hotelet* : hôtel ; *forretningen* : magasins.
59. Petit pont d'accostage, débarcadère.

nouvelles ; pendant ces nuits blanches, nimbés de cette lumière de minuit trompeuse, ils n'ont probablement pas du tout sommeil. Et on prend conscience qu'en hiver, cette poignée de baraques de bois proprettes est plongée pour des semaines et des mois dans la nuit polaire ; aujourd'hui, ils profitent de leur interminable jour boréal et ne s'en lassent pas : voilà pourquoi, tels des noceurs invétérés, ils saisissent la moindre occasion de prolonger leur veille glorieuse et insatiable ; quant aux amants, ils doivent se donner rendez-vous derrière le nuage le plus proche, car il n'y a ici ni forêt, ni crépuscule. Et le voyageur contemple avec beaucoup de compréhension cette respectable petite ville de bois qui, pour rien au monde, n'irait au lit, et l'idée qu'il contribue à apporter ici du chou, du bœuf salé et une agréable effervescence lui fait chaud au cœur.

Et, puisqu'on parle de ports, n'oublions pas les phares, les balises et autres signaux de navigation qui ornent notre route, telle une avenue. En ce moment, dans la nuit claire, leurs lumières blanches et rouges ne cillent pas ; mais qu'ils soient bénis de se mettre à briller pour les bateaux et pour les hommes pendant la nuit d'hiver. Que Dieu te garde, tourelle solitaire, *hello*, cabane de pêcheurs, mille respects, ferry luxueux qui nous double sur la route du cap Nord ; nous ne chercherons pas à faire la course avec toi, car nous transportons une cargaison destinée aux hommes ; mais nous pouvons nous saluer, car c'est l'usage en mer. Il faut que tu saches que cette nuit, nous avons jeté l'ancre au milieu d'un *sund* parce qu'un rameur nous faisait signe depuis sa barque ; et nous avons alors embarqué une dame qui ne transportait rien d'autre qu'un pot de géraniums ; voilà quel genre de bateau nous sommes, monsieur. Nous, monsieur, nous ne sommes pas un vapeur somptueux et rutilant, nous sommes un petit bateau

avec à son bord des gens, du chou et de la farine, et je te salue bien bas ; prends garde à ne pas attraper froid dans ton smoking.

◈

Pendant que j'y pense, le mécanicien ne s'était toujours pas réveillé, cela durait depuis trois jours déjà ; il s'arrêta finalement de pousser des râles et se mit à bleuir et à trembler du menton.

Le gros professeur allemand courut en avertir le capitaine ; le mécanicien était, paraît-il, à l'agonie.

« *Ne-e-ei*, proféra le capitaine d'un ton rassurant. Je le connais. »

Le brave professeur convoqua alors les trois médecins norvégiens originaires de Bergen et Hammerfest, qui se trouvaient naviguer vers le Nord à bord du *Håkon*. L'illustre concile médical rendit visite au mécanicien et émit son diagnostic : cœur en mauvais état, foie abîmé, reins fichus ; ce type vivra encore quelques années. À l'annonce de la nouvelle, la joie fut grande, et le whisky, le gin et l'aquavit coulèrent à flots ; mais personne ne fut malade, et, le lendemain matin, le méca- nicien était sur le pont, sobre et terriblement confus ; et il jouit dès lors de la sympathie générale.

◈

Puis, il y eut encore une baie, appelée Altafjord ou Altenfjord ; elle était très belle et brillait de reflets nacrés ; je pus y observer, entre autres choses, comment naissent les collines : eh bien, elles bourgeonnent, voilà tout. Une montagne prête

à mettre bas, à vêler, déploie un long bras qui se resserre à plusieurs endroits et donne ainsi naissance à de jeunes éminences ; du reste, les radiaires et les algues unicellulaires font de même.

De là, on nous fit remonter le long de l'Altaelv jusqu'au plateau du Finnmark ; on nous mena par une vallée verte bordée de grandes et belles fermes, au cœur d'une profonde mer d'arbres, à travers des barrières de cascades, le long de petits lacs et de mares de tourbe ; puis, il n'y eut plus que de rares bouleaux nains, des pierres et des saules rampants ; un peu plus haut, c'était le toit de la Norvège : une plaine sans fin et désolée, une immense banquise de granit vaguement onduleuse et fissurée par endroits, et partout des blocs de pierres erratiques, des terrasses rocheuses, des marais et des bourbiers ; tous les trois pas, un cône de pierre surmonté d'une croix, pour que les gens retrouvent leur chemin dans la neige. Et tout cela était

livide, d'une pâleur cadavérique, fantomatique ; c'est à cause de ce lichen blanc, délicat comme de la dentelle et terne comme de la moisissure. Ici poussent aussi la linaigrette, avec ses flocons blancs et ouatés, la spirée et le nard raide ; ici poussent la camarine et le mûrier des marais, la mûre des Lapons, avec ses grosses baies rouges et amères, ici rampent des bouleaux hauts comme le doigt ; partout, le sol bougeait sous nos pieds, attention à rester sur ces éboulis rocheux. Où cela menait-il ? Eh bien, en fait, nulle part, nous étions au bout du monde en quelque sorte ; au-delà, plus de chemin, rien que quelques noms lapons sur la carte ; peut-on vivre ici, je n'en sais rien ; c'est bien trop triste. Et il y a trop de moustiques.

Nous sommes redescendus dans la nuit claire, par les boqueteaux de bouleaux, la forêt scandinave et les rapides

Finnmark

grondants. Tiens donc, je pensais que c'était des rameaux secs qui traînaient par terre, mais c'était des bois de rennes.

70° 40′ 11″ LAT. N.

Désormais, c'est le vrai Nord qui commence ; un désert, mes amis, un vrai désert, rien qu'une mer froide et des rochers nus ; ici, même les montagnes ne sont pas parvenues à pousser, on dirait qu'elles ont été étêtées ; rien que des blocs de granit qui tombent à pic dans la mer, avec, au sommet, un plateau pelé et vaguement verdi par une sorte de chancissure ou quelque chose du genre, rien d'autre. Le *styrman* jure que nous pourrions apercevoir une baleine. En réalité, on ne voit que des mouettes, qui se multiplient ; elles virevoltent autour

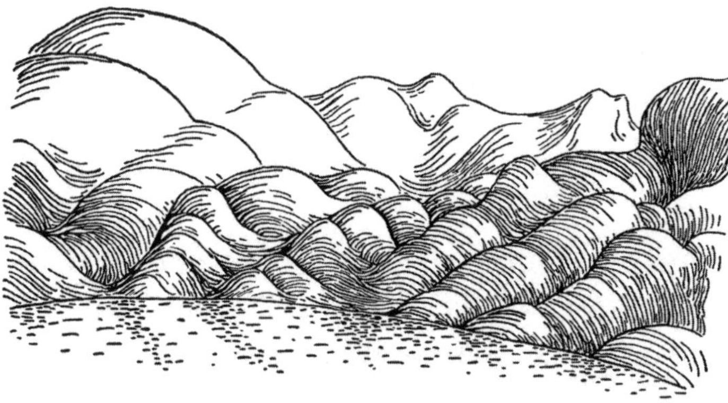

du bateau, attrapent la crête des vagues de leurs pattes et crient ; ce sont les seuls mendiants de tout le Nord.

Eh bien voilà, tu vois, ici, toute la beauté, tout le pittoresque sont eux aussi au bout du rouleau ; que manque-t-il pour saisir la quintessence de la grandeur austère et nue du monde ? Mon Dieu, je sais bien que nous ne sommes qu'une minuscule planète ; cette péninsule étrange et tortueuse qu'on appelle l'Europe signifie-t-elle quelque chose pour elle ?

Mais j'ai observé les étoiles, assis sur les colonnes grecques d'Agrigente, j'ai respiré l'air humide, au parfum de menthe, de Montserrat, et me voilà le nez gelé à renifler dans le Sørøy-

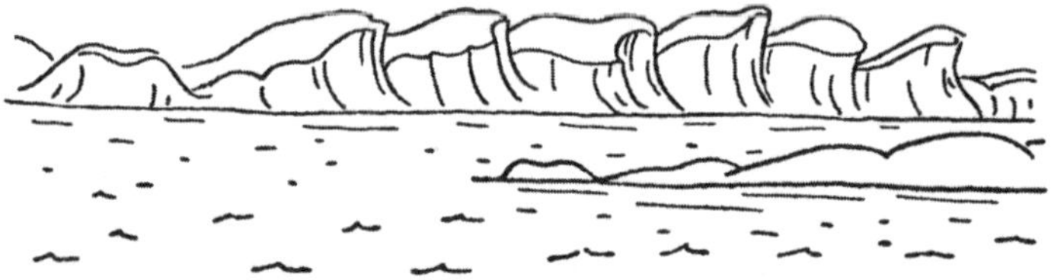

sund, dans l'espoir de voir une baleine. Je sais que tout cela ne mérite pas d'être raconté, et que d'autres que moi en ont vu cent fois plus ; mais je suis patriote européen et si je ne devais plus jamais rien voir, je dirais jusqu'à ma mort : « J'ai vu la grandeur du monde. »

Peut-être que notre planète refroidira un jour – ou que nous nous en chargerons, nous les hommes ; nous mettrons alors une telle pagaille qu'il n'y aura même plus de mouettes pour crier au-dessus des mers. Mais, quand bien même nous nous découperions les uns les autres en petits morceaux, nous ne pourrions pas entamer la grandeur du monde. Je sais, ce n'est pas d'un grand réconfort ; nous vivons des heures sombres, et notre cœur est empli d'inquiétude ; mais le monde est grand.

Sørøysund

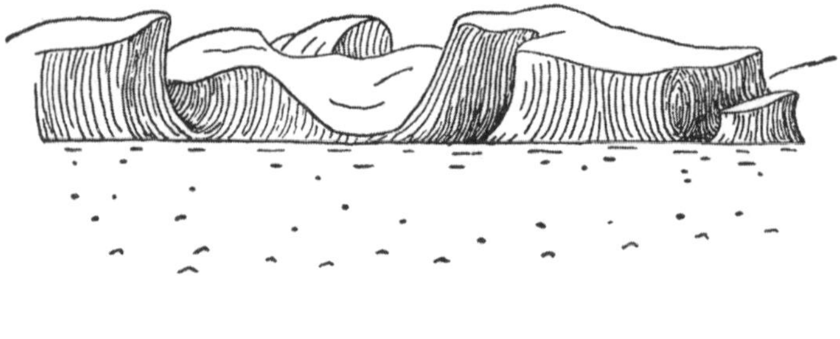

« La ville la plus au nord de l'Europe est Hammerfest » : c'est ce que nous avons appris à l'école et il se trouve que c'est vrai ; mais il est vrai aussi que près d'Hammerfest se trouve la forêt la plus au nord de l'Europe (disons que c'est un bouquet de bouleaux nains) et que le plus grand bâtiment de la ville, voire de toute la Norvège, de Trondheim au cap Nord, est l'asile d'aliénés d'Hammerfest ; ce qui laisse à penser que la vie, ici, doit avoir des côtés sombres, comme la nuit polaire, par exemple. À part cela, Hammerfest ne diffère pas vraiment de Tromsø, de Harstad ou d'autres villes situées au nord de Bergen : elle est faite d'autant de bois et est tout aussi propre. Elle a deux ou trois rues ombragées par des poteaux télégraphiques, dans chaque maison se trouve une boutique de tabac, de chocolat, de porcelaine et de cartes postales, les magasins d'alimentation ne vendent que des boîtes de conserve ; toutes les fenêtres sont décorées de cactus (surtout des genres *Cereus* et *Echinopsis*) et les mamans promènent leurs petits enfants en laisse – c'est à peu près tout ce sur quoi l'œil distrait du voyageur peut tomber. S'il fait quelques pas de plus, il quitte la ville et se retrouve entouré à perte de vue de rochers, rien que des rochers, avec par-ci par-là un coussin de silènes de montagne, de campanules et de saxifrage ; plus bas, la mer grise gémit et sanglote ; et, plus loin, il n'y a plus rien que des îles désertes et pelées. C'est donc cela, la ville la plus au nord de l'Europe. Là où il n'y a plus de paysans, le pêcheur peut encore subsister ; et, là où il n'y a plus de pêcheurs, le marchand, l'exportateur et le comptable ont encore leur place.

Hammerfest

Je vous le dis, le signe de vie le plus nordique qui soit, c'est encore le commerce ; et on n'arrêtera pas le progrès humain tant qu'il n'y aura pas au pôle Nord une boutique en bois vendant des cartes postales, du tabac et des gants tricotés ; et il y aura bien un comptable aussi pour y faire son trou.

◈

Là-bas (c'est-à-dire à Hammerfest), il y a aussi un grand port admirable ; y mouillaient le *Stella Polaris*, tout blanc, des bateaux de la White Star et de la Cunard Line, un cuirassé français, lisse et gris, un immense charbonnier du Spitzberg dont on venait de décharger la cargaison, des navires finlandais transportant du bois, des petits baleiniers à vapeur équipés de lance-harpons à la proue, des canots de pêche à moteur, des chaloupes, des voiliers et des barques ; c'est curieux, quand on navigue, on acquiert une sorte de sympathie pour tous les bateaux que l'on croise, qu'il s'agisse d'un transatlantique de cinquante mille tonneaux ou d'une coquille de noix transportant des harengs ; bref, on se sent obligé de leur faire signe de la main et de leur souhaiter un bon voyage. D'ailleurs, les gens d'ici doivent avoir cela dans le sang, ce qui explique que l'automobiliste salue le cycliste, et le cycliste l'automobiliste : sur la terre ferme, les gens se croisent aussi dignement et cordialement que les bateaux au large.

« Un bien beau navire » avons-nous déclaré en experts quand nous avons croisé le *Stella Polaris* ou le *Bremen*, mais, pour les saluer, nous avons respectueusement gardé nos distances ; on ne va tout de même pas s'imposer face à de tels

pontes ; moi, je pense qu'il vaut mieux ne pas trop s'approcher. Mais quand nous croisions une chaloupe qui tanguait ou un canot pressé qui filait entre deux îles, nous faisions de tels gestes et agitions tant nos chapeaux que nous avons failli

plusieurs fois passer par-dessus bord. Bon voyage, courageux petit bateau des Lofoten, *hello*, petit vapeur de l'Øksfjord ; nous autres, le menu fretin, nous devons nous serrer les coudes sur toutes les mers du monde.

## NORDKAPP

Maintenant, fini la plaisanterie ; il souffle un vent à décorner les bœufs et les vagues font rouler le *Håkon* d'un bord à l'autre. C'est amusant ; alors qu'on s'apprête à faire un pas pour traverser le pont, le pont lui-même se soulève et vient docilement à la rencontre du pied ; on veut alors poser le pied, mais le pont se retire, et on a le sentiment idiot de tomber vers l'avant, comme lorsqu'on cherche une marche dans le noir et qu'on fait un pas dans le vide. Mais quiconque a déjà, pour quelque raison que ce soit, titubé d'un pas hésitant sur un terrain incertain se sent bientôt chez lui à bord. M'est avis que le meilleur remède contre le mal de mer reste une bouteille de cognac ; il faut en vider une sur terre puis s'exercer à marcher ; cela vous donnera un entraînement qui pourra s'avérer utile une fois sur un bateau. Vous chancellerez, vous vacillerez, vous oscillerez et vous chercherez alors le sol d'un pied de maître ; vous aurez la tête qui tourne et vous vous rattraperez au *kaptein*, aux cordages et au bastingage, mais,

intérieurement, vous exulterez, vous chanterez et vous braillerez, l'âme en fête, tandis que les âmes abstinentes gémiront et chuchoteront des prières aux agonisants dans leur cabine. *Probatum est*[60].

Ici, les rivages de schiste archéen sont sombres et pelés ; leur sommet, raboté par l'ère glaciaire, est plat comme une table et leurs flancs tombent abruptement dans la mer ; c'est un paysage extrêmement austère, mais qui a du style, et une grandeur presque tragique. Tout du long, falaise après falaise, le même plateau dépouillé, tailladé par des ravins, terni par le lichen et recouvert d'une végétation rachitique évoquant la moisissure. C'est d'une affreuse mélancolie ; on n'est même pas surpris quand le *Håkon Adalstein* se précipite brusquement sur une falaise noire ; il doit s'agir d'un suicide. Le *kaptein* se tient droit, les mains dans les poches de sa veste noire ouverte, et c'est à peine s'il cligne des yeux ; le petit officier noir, sur le pont, murmure entre ses dents « *Stödig, stödig* ».

« *Stödig* » répète l'homme à la barre en fixant de ses yeux bleus le sombre rocher. Plus que dix mètres ; ce n'est pas une

60. « La chose est prouvée. »

falaise bien méchante, mais des récifs pointus et noirs, plutôt antipathiques, émergent au milieu des vagues. Alors ?

« *Hart bagbord* » dit l'officier noir.

« *Hart bagbord* » répète l'homme à la barre en tournant le gouvernail ; le *Håkon Adalstein* pousse un coup de corne rauque, et, soudain, une tornade blanche, telle une tempête de neige, se forme au-dessus de la falaise ; des milliers, des dizaines de milliers de mouettes tourbillonnent en criant, et ce n'est qu'alors qu'on peut voir combien il en reste perchées sur chacune des corniches ; on dirait ces isolateurs de porcelaine posés sur le toit des centraux téléphoniques. Le bateau corne à nouveau et à nouveau des bancs entiers de mouettes blanches se soulèvent et virevoltent comme des flocons de neige autour de la falaise noire. Ça, c'est le Fugleberg, c'est-à-dire la montagne aux Oiseaux.

« Mais de quoi vivent-ils, ces pauvres oiseaux ? » demande, préoccupée, une voix compatissante à mes côtés.

« Mais de poissons, voyons. »

« C'est horrible, soupire la voix compatissante. Pauvres poissons ! »

Et l'une après l'autre, les falaises sont identiques, toutes désespérément nues et austères, jusqu'à la dernière, là-bas. Le *Håkon Adalstein* pousse un long mugissement et se dirige tout droit vers cette paroi noire, à pic.

« Toujours le Fugleberg ? »

« *Ne-ei. Nordkapp.* »

Le voilà donc, ce fameux cap Nord.

On a le sentiment que l'Europe finit brutalement, comme taillée dans le vif, et un peu tristement. Ma foi, on dirait la tranche, noire, d'un livre. Venant du nord, on se dirait sans doute : mon Dieu, mais quelle est cette grande île triste ? Eh bien, c'est un pays assez étrange, un pays soucieux qu'on appelle l'Europe ; ce pourrait être le paradis sur terre, mais, le diable seul sait pourquoi, tout y va de travers ; c'est pour cela qu'on a mis ici cette falaise noire, ce panneau de mise en garde. En fait, ce n'est pas tout à fait le point le plus septentrional de l'Europe ; celui-ci se trouve sur un écueil bas et long qu'on appelle le Knivskjærodden, ce qui signifie le « couteau » ; quant à l'ultime pointe nord du continent, elle est située un peu plus loin, sur le Nordkinn ; le cap Nord n'est que l'extrémité de l'île Magerøya. Mais quelle importance ! C'est lui que l'Europe a choisi comme point le plus septentrional ; elle considère que, tant qu'à s'attribuer une extrémité, autant qu'elle en vaille la peine. Elle a toujours eu la folie des grandeurs et elle prétend donc à des confins plus ostentatoires qu'elle n'a en réalité.

Le bout de l'Europe ; il est vrai qu'au-delà de cette mer blanche, là-haut, il y a encore l'île aux Ours et le Spitzberg, mais

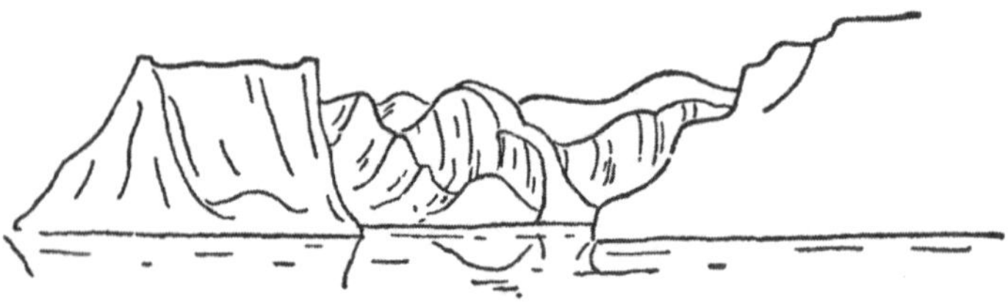

ça ne compte pas. La voilà donc, la fin ; ainsi, notre continent chargé d'histoire s'achève-t-il simplement, brusquement, par un imposant et stoïque point d'exclamation, par quelque chose d'aussi primitif et originel que ce mur de pierre. Je sais bien qu'un jour, cette extrémité arborera une immense inscription – Shell, Fyffes[61], ou Dieu sait quoi encore ; mais pour l'instant, elle s'élève, pure, grandiose et grave comme aux commencements du monde. À bien y réfléchir, ce n'est pas la fin de l'Europe ici, plutôt son commencement. La fin de l'Europe est en bas, parmi les hommes, là où ils sont le plus affairés.

Lentement, lentement, le *Håkon Adalstein* longe la falaise noire et mouille dans la baie de Hornvik ; on va pêcher du poisson frais, histoire de changer un peu des conserves achetées à Trondheim. Ceux qui le souhaitent laissent dériver une ligne de pêche, jusqu'au moment où ils s'écrient qu'ils ont attrapé quelque chose ; un marin accourt alors pour hisser sur le pont un poisson d'argent lourd comme un porcelet et aux dents aussi nombreuses que celles d'un crocodile ; ou bien une truite de mer bleue et mouchetée ; ou bien un magnifique petit poisson rouge malheureusement non comestible. Le passager qui ne prend rien est un peu vexé et affirme qu'on lui a attribué un mauvais coin, où il n'y a pas de poisson. Comme dans bien d'autres circonstances de la vie, ce sont les femmes qui agissent, au cours de cette partie

61. Société internationale d'importation de fruits tropicaux.

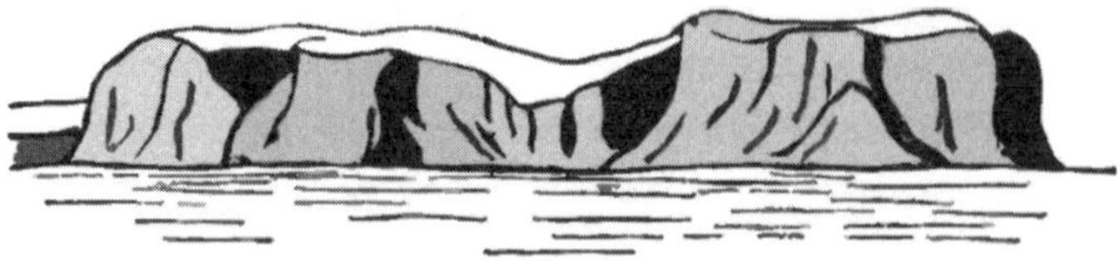

Cap Nord

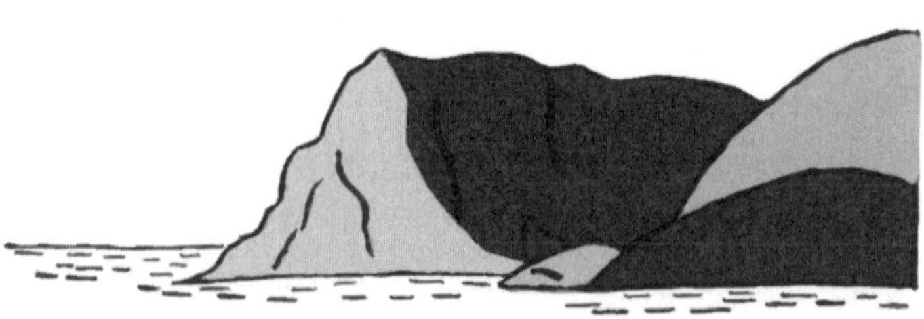

de pêche, avec le plus de passion. J'en connais une, compatissante, qui, sur le *Håkon Adalstein*, tirait avec tant d'ardeur sur sa canne que je lui dis : « Pauvres poissons ! » Elle s'arrêta un instant, puis laissa la ligne s'enfoncer. « Moi, je n'attrape que les carnassiers » déclara-t-elle. « Regardez donc le poisson qu'a pêché cette Greta suédoise ! »

◈

Le soir venant, le vent et la houle se calment, mais des nuages s'assemblent au-dessus de Hornvik ; nous voilà grimpant un sentier sinueux vers le cap Nord. Au premier lacet, le mécanicien s'assied sur une pierre, il ne peut aller plus loin ; il essuie ses yeux pâles et grimace avec embarras, alors que même les deux vieilles chétives du *Håkon* continuent leur ascension. Eh bien tu vois, mon vieux, pendant vingt ans tu es passé près d'ici, confiné dans la salle des machines d'un vapeur et tu es finalement venu pour voir tout cela de près, seulement voilà, il est peu probable que tu parviennes jamais au sommet du cap Nord. On ne dirait pas, mais ces malheureux trois cents mètres de dénivelé, quel calvaire ; une fois là-haut, on est pris dans la tourmente et les nuées, enfin, ce ne sont pas des nuées mais du grésil, et quelles difficultés pour se frayer un passage à travers le brouillard sur ce plateau rocheux et dénudé dont on ne voit ni le bout ni les bords ; et dire que le *styrman* nous avait promis que nous verrions le soleil de minuit ! Ici, au sommet, la dryade rampe encore entre les éboulis, le silène des montagnes finit de fleurir, la saxifrage mousseuse se blottit ; à part cela, quelques nards et linaigrettes, un marais glacial et frissonnant, du lichen blême et, partout, un pierrier pelé. Le bout du monde. Et voilà qu'apparaît dans le brouillard une cabane en bois avec, devant – j'ai du mal à y croire –, une piste de danse ; et un accordéon retentit de la bicoque ; je sais, c'est horrible, mais il y a aussi tout une cargaison d'Américains. Que peuvent-ils bien faire ici ? La fin de l'Europe, c'est notre affaire, après tout ; qu'ils aillent donc voir la fin de l'Amérique, si elle en a une ; et si elle n'en a pas, eh bien qu'ils lui en inventent une.

Cap Nord

Les nuages passent l'un après l'autre; de près, ce sont d'affreux haillons de brume détrempés; on ne voit pas à cinq pas, il ne reste plus qu'à se blottir contre les flancs de la cahute et à trembler de froid avec empressement. Soudain, le brouillard se dissipe un peu, et, trois cents mètres plus bas, luit une mer étincelante et opaline; là-bas, en bas, le soleil brille. Puis, tout est de nouveau recouvert de nuages moutonneux, c'est sans espoir; du côté nord apparaît, solitaire, une lueur jaune et flamboyante, des lambeaux flottants de nuage prennent feu comme de l'or, et puis plus rien; juste une nouvelle rafale de grésil cinglant le visage. Ma foi, cela a son charme, se dit le pèlerin (histoire de dire quelque chose); un charme morne, humide et froid, certes, mais c'est le Nord qui veut cela. Et voilà que le ciel s'ouvre à l'ouest sur un puits d'azur vert et froid; les nuages se déchirent, une lumière aiguë coule soudain, elle croît comme une énorme bulle arc-en-ciel; le sombre décor d'escarpements plongeant dans une mer nacrée se dévoile – et les récifs se mettent l'un après l'autre à brûler d'un feu lourd et cuivré. Ça y est: tout à coup, un ciel infini et doré s'étend jusqu'à l'horizon, et, très bas vers le nord, juste au-dessus de la ligne de la mer, un étrange soleil, rouge et minuscule, perce le ciel telle une vrille incandescente. Il est petit à faire peur; mon pauvre, c'est vrai que toi aussi tu n'es qu'une étoile, après tout! Une fine lame de soleil, chauffée au rouge, coupe le miroir doré de la mer; seule, posée sur l'horizon, très au nord, infiniment lointaine, une ligne d'un blanc glacé brille impétueusement dans un éclat vert. Ici, le pèlerin peut

regarder le soleil droit dans les yeux sans ciller ; c'est donc toi, soleil de minuit, cette petite escarboucle d'un rouge sombre incrustée dans la poignée d'une épée de feu ; tu restes tout de même le soleil, petite étoile rouge. Je sais, c'est sans doute à cela que tu ressembleras dans des millions d'années, quand tu commenceras à vieillir, à refroidir et à te ratatiner ; le silène continuera de fleurir et la petite persicaire blanche de projeter ses spadices, mais ce qu'il adviendra de nous, je n'en sais rien ; ne crois-tu pas que les hommes manqueront ? Ma foi, nous ne sommes qu'à la fin de l'Europe, qui penserait déjà à la fin du monde ?

Arrive le grand *styrman*, qui désigne le soleil de minuit de sa lourde patte : « Je vous l'avais promis, mais vous ne vouliez pas me croire. Eh bien, voilà. »

Oui, voilà ; nous avons vu le soleil de minuit, et nous pouvons à présent rentrer chez nous ; nous avons vu la fin et le commencement, et une lame de feu pointée sur nous, droite et sévère comme l'épée d'un ange ; jamais, mes amis, jamais les portes du paradis ne s'ouvriront. Alors, que faire ? Le ciel va se couvrir de haillons gris et dorés, les bourrasques vont souffler, le monde va disparaître derrière le brouillard et le grésil va fouetter le visage des fils d'Adam transis de froid. Mes enfants, mes enfants, il est temps de rentrer.

## LA ROUTE DU RETOUR

Je ne saurais plus tracer du doigt notre route du retour sur une carte ; je ne sais plus exactement par où nous sommes passés ni où nous avons mouillé ; attendez, il y a eu Honningsvåg, l'un des havres humains les plus délaissés au monde, puis de nouveau Hammerfest, et le Kvalsund, où nous avons accosté peu après l'heure zéro, et où les enfants ne dormaient pas encore, ni personne d'ailleurs ; la lumière du jour y était d'un blanc spectral et effrayant ; puis il y a eu le Vargsund, lisse comme de l'huile, et de nouveau Tromsø ; mais ce n'est pas à cause de cela que ma mémoire s'embrouille, c'est à cause du ciel et de la mer, de ces jours changeants qui n'en finissent pas, sans

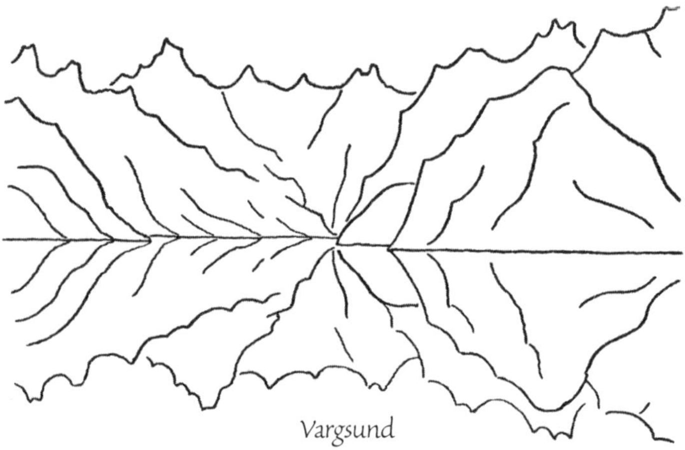

*Vargsund*

crépuscule, sans nuit et sans aube ; ici le temps s'arrête, voilà tout. Ici, le temps ne passe pas, il s'étale sans rivages, comme la mer ; il reflète la course du soleil et le fil des nuages sans cheminer avec eux, sans s'écouler ; seule la montre au poignet, émettant son tic-tac inutile, mesure avec un zèle ridicule un temps qui n'existe pas. C'est aussi étrange et déroutant que si l'espace était aboli, que s'il n'y avait plus de différence entre le haut et le bas ; il est vrai qu'on s'y habitue, mais au début, on se sent aussi peu chez soi que dans l'autre monde.

La lumière du soleil glisse avec tendresse en une obliquité dorée le long des épaules arrondies et sur le front abrupt des montagnes ; il peut bien être deux heures du matin ou cinq heures de l'après-midi, cela revient au même, et en fait, mes amis, ça n'a aucune espèce d'importance ; qu'on dorme ou qu'on ne dorme pas, c'est indifférent, car pour une fois, on est hors du temps. À bord, même les repas ne permettent pas de sortir de cette immuabilité du temps ; du *smørgås*[62], toujours et encore du *smørgås*, toujours les mêmes petits poissons et la même viande salée, le même fromage de chèvre brun au sirop, au petit-déjeuner, au dîner et au déjeuner ; j'ai donc fini par ne plus remonter ma montre et j'ai oublié l'idée de jour, d'année et de siècle ; à quoi peut-il bien servir de connaître l'heure ou la minute quand on vit dans l'éternité ?

Ici, il ne fait ni vraiment nuit ni vraiment jour ; il n'y a qu'un petit matin durant lequel le soleil est encore bas, tout doré par l'aurore et argenté de rosée, le soleil doux et étincelant d'une journée qui commence ; puis vient sans transition une fin d'après-midi où le soleil est déjà bas et doré par le couchant, déjà pourpre et embué d'une douce langueur crépusculaire. Ce n'est qu'un point du jour sans commencement qui se mue en crépuscule sans fin, et jamais ne se hisse l'arc élevé et blanc du plein midi ; puis, dans un minuit de feu, ce soir sans fin se fond en un matin argenté sans début, et il fait de

62. Tartine, sandwich beurré, agrémenté de divers ingrédients.

nouveau jour : le jour boréal, un jour immense, tissé seulement de ses premières et de ses dernières heures.

Je sais bien qu'on trouve partout des instants magnifiques ; un coucher de soleil comme celui-ci, dans toute la gloire de ses brocarts, un lever de soleil comme celui-là, sur un paysage endormi... De ces moments, on en trouve partout dans le monde, ma foi, à quoi bon discuter ; mais ce sont des instants fugitifs, insaisissables, trop courts, et un quart d'heure plus tard, la fête est finie. Alors que nous autres, ici, dans le Stjernfjord, dans le Loppehavet, dans le Grøtsund ou ailleurs encore, nous assistons à des couchers de soleil dorés qui durent des heures ; des pans de ciel et de mer toujours plus grands sont submergés, l'ouest et le nord tout entiers ont déjà pris feu, l'incendie s'étend à présent à l'est, où les lueurs de l'aube commencent à poindre ; et voici que la mer et le ciel se fondent en une chose infiniment étrange et magnifique : un crépuscule radieux et une aube pâle en même temps ; le coucher de soleil, ému, se mêle à un point du jour glacial ; derrière la crête bleue des montagnes, le disque de feu du soleil se lève déjà alors qu'il est encore en train de se coucher, les rides argentées matinales font scintiller la douceur écarlate d'une mer vespérale ; et l'austère gloire du levant fait pâlir et gèle tout l'horizon limpide. Or, voici que s'arrête le soleil au-

dessus de Gabaon[63] et que l'appel désespéré de Faust[64] est entendu : un instant magnifique se fige et s'étire indéfiniment dans la majesté de l'espace et du temps. Mais où es-tu donc, mon ami ! Ne vois-tu pas que c'est un autre monde, et qu'ici règne un autre ordre, immense et terrible ? Si, je vois : la durée illimitée d'un instant et l'abolition infinie du temps.

Mon Dieu, mais où étions-nous alors ! Disons que c'était dans le Malangen, et que ce petit port s'appelait Målsnes, mais cela n'a pas d'importance, c'était quelque part dans l'univers ; peu avant minuit, une bruine légère et passagère tomba, après quoi les nuages s'enflammèrent comme des torches de cuivre flottant dans le vent et s'envolèrent par-dessus les casques indigo des montagnes ; puis se leva le soleil couchant sur une mer d'or, et sa lame terrible, fine et incandescente, trancha les eaux du nord au sud ; et les cimes des montagnes, ombres bleues et vert olive, se mirent à briller d'une lueur rose, un arc-en-ciel de minuit d'une absolue clarté apparut au-dessus d'un petit port perdu au fond du soir, les montagnes restèrent pétrifiées dans un vaste et glorieux incen-

63. Référence biblique (Josué, X, 1). Josué, lors de la bataille de Gabaon, demande à Dieu d'arrêter la course du soleil si les enfants d'Israël ne peuvent avoir raison des Amoréens.
64. Allusion à la scène du cabinet d'étude dans le *Faust* de Goethe.

die ; cette neige lumineuse sur une roche rouge sang, c'était comme une eucharistie, comme l'élévation de l'hostie, et le soleil, simple point de feu sur l'horizon infiniment distant, sonna les douze coups du minuit nordique. À ce moment-là, un vieil ingénieur naval, un type taciturne et barbu, se hissa de la salle des machines, cracha dans les eaux d'émeraude et redescendit dans son antre en grommelant.

C'est par une grâce spéciale, oui, par une faveur toute particulière et avec une grande générosité qu'on nous accorda un soleil si béni, des nuages en si grand nombre, du brouillard, des arcs-en-ciel et des ondées à foison ; je vous le dis, nous avons vu de tout ; nous avons navigué sous les arches des arcs-en-ciel et nous sommes tombés de nuit dans un brouillard laiteux et si épais que, cornant et sonnant l'alarme, nous pouvions à peine avancer ; nous avons vu les sommets des montagnes flotter au-dessus de nuages blancs, un ciel brumeux, qui descendait sur la mer telle une poche humide, entailler le

pied des falaises, et les monts agiter des panaches de nuées, fumer comme des volcans de brume, s'embuer comme un souffle sur de la calcédoine translucide ; nous avons vu le firmament dans toute sa gloire et la mer grise inondée de pluie, une mer bleue, purpurine, d'or fondu, chatoyante et irisée comme du savon, des eaux métalliques, nacrées et soyeuses, des eaux tranquilles, des eaux hargneuses, et, Dieu merci, cela foisonnait ; au-delà de l'Ofotfjord lumineux et calme se trouvait Narvik, ultime étape de notre périple.

Cela foisonnait, nous avons vu de tout; mais j'aimerais, une fois encore, prendre la même route; je voudrais voir ces contrées dans la nuit. La nuit sans fin. Le ciel noir et la mer sans fin, les petits phares qui brillent et les balises qui clignotent, les minuscules lumières blanches et rouges, les fenêtres des hommes allumées dans le brouillard, les fanaux des ports, la lune sur les glaciers, les lanternes de pêcheurs et les étoiles scintillant dans la nuit glaciale; l'extrémité sombre de l'Europe enfoncée dans des ténèbres infinies. Que cela doit être triste, Seigneur, que cela doit être triste! Mais il y a tant de tristesse en ce monde, et ne sommes-nous pas là pour tenter de l'endurer? Nous avons vu de tout, mais seulement sous le bon angle, sous l'angle de la lumière; formidable petite Norvège, celui qui n'a tout connu sait si peu de choses!

## NARVIK

Narvik est un port, mais c'est aussi le terminus de la ligne de chemin de fer la plus septentrionale du monde (mis à part celle de Mourmansk, que je ne compte pas, car je ne suis pas allé là-bas); la ville vit du minerai de Kiruna, du bois de Suède

et des harengs de Norvège ; elle est le carrefour de quatre fjords et le point de rencontre de tout un cirque de hautes montagnes, telles que la Reine endormie, la Harjangsfjellene et autres sommets célèbres, tous couronnés de glace, d'une majesté unique au monde. Impossible de résister : quand on se trouve au milieu des montagnes, il faut grimper dessus pour les voir de plus près.

Là-bas, il y avait un chat, qui descendit en courant à notre rencontre, la queue dressée à angle droit, et nous accompagna pendant une demi-heure dans notre ascension ; une cascade grondait quelque part et les pins des montagnes étaient aussi somptueux que des candélabres d'église ; c'est pourquoi je les ai dessinés. Il poussait de l'*Empetrum nigrum* et du *Rubus chamaemorus*, de l'*Eriophorum vaginatum*, des *Juncus*, et toutes sortes de plantes de marais et de tourbière ; si j'explique tout cela, c'est pour que vous sachiez que j'étais des plus lucides. Et puis voilà que sont apparus, en contrebas, le doux Ofotfjord, cerné de falaises et de pinèdes, et, plus haut, au sommet des montagnes, un champ de névés étincelant à l'infini ; mais on n'est jamais satisfait, et on se dit alors qu'il faut encore aller voir là-bas, derrière cet éperon rocheux, et un peu plus loin là-haut ; et c'est ainsi que j'ai découvert l'endroit où j'ai fini par me perdre.

Ce n'était qu'un plateau désolé, couvert d'énormes blocs de pierre pelés, à la visibilité aussi dégagée que celle qu'offre la paume d'une main ; de-ci de-là, un trou profond de tourbe, un bouquet de genévriers, de bouleaux ou de saules nains bleu clair (*Salix lapponum*) ; rien d'autre, sauf, tout en haut, un glacier lumineux et un sommet aussi escarpé et fantastique que le Cervin ; je me suis donc assis sur une pierre surplombant un petit étang tourbeux pour le croquer. Des témoins m'ont vu en train de dessiner, et tout à coup ne m'ont plus vu ; soudain, la pierre était déserte. Chacun d'entre nous a son petit grain de folie et les gens raisonnables nous accordent quelque lubie passagère ; mais, comme au bout de cinq minutes je ne réapparaissais toujours pas, assis sur mon rocher, à dessiner, ils commencèrent à trouver cela suspect et se mirent à m'appeler et à me chercher ; et ce n'est qu'à ce moment précis qu'ils se rendirent compte que je m'étais bel et bien perdu. La première heure, ils me cherchèrent vivant parmi les blocs de pierre, mais la deuxième, c'est déjà mon cadavre qu'ils s'attendaient à découvrir ; et comme ils ne le

trouvaient pas, il devint clair que j'étais tombé dans l'étang et que je m'étais enfoncé dans cette tourbe sans fond, ou quelque chose du genre, de sorte qu'ils se précipitèrent à Narvik pour quérir des gens qui puissent me tirer de là. C'est curieux : nous, les hommes, exigeons une explication soi-disant rationnelle et naturelle pour toutes les situations ; pourtant, ici, dans les montagnes de Norvège, il arrive souvent que quelqu'un se perde et qu'on ne retrouve pas le moindre de ses boutons : les Lapons disent alors que la montagne l'a absorbé. Ce n'est qu'après une heure de marche qu'ils me retrouvèrent au-dessus de Narvik, assis au bord d'un chemin, en train de caresser le chat et de le tirer par sa queue si fière, avec, dans la main, une souris que m'avait rapportée le matou. Il paraît que j'ai seulement levé des yeux étonnés et que j'ai marmonné quelque chose laissant entendre qu'ils m'avaient fait attendre longtemps. Personne ne sut comment j'étais arrivé ici et je serais moi-même bien en peine d'expliquer toute l'affaire ; peut-être le chat a-t-il joué un rôle dans cette histoire, car les chats ont des pouvoirs magiques ; mais ce qui s'est vraiment passé, ma foi, je n'en sais trop rien. Comme cinq heures avaient déjà sonné depuis longtemps, une terrible malédiction avait frappé Narvik, celle d'*ikke alkohol* ; ainsi, impossible de fêter le fait qu'on m'ait retrouvé, ni de discuter de l'événement ; il ne restait rien d'autre à faire que de laisser à ma mésaventure toute sa sobriété. En regardant les montagnes couvertes de glace au-dessus de Narvik, j'ai continué de me demander ce qui m'était arrivé. Puis minuit sonna, les jeunes gens de la ville erraient encore dans les rues lumineuses, attendant un signe leur enjoignant d'aller se coucher ; mais aucun signe ne vint.

## LA LIGNE NARVIK-RIKSGRÄNSEN

Un petit train électrique nous hisse là-haut, au-dessus du dernier repli du brillant Ofotfjord – où se trouve à présent le *Håkon Adalstein* ? Il doit être en train de flâner parmi les ports des Lofoten ; sur chaque *brygge*, notre chien nous attend déjà, remuant sa lourde queue d'un air interrogateur. Ce n'est qu'à présent qu'on se rend compte que nous étions devenus de bons amis, nous, les passagers du *Håkon* ; aucun d'entre nous ne s'est posé la question, mais c'est pourtant ce qui s'est passé ; nous n'avons quasiment pas parlé de toute la traversée, c'est à peine si nous échangions parfois quelques regards ; et pourtant, au moment de nous quitter, nous nous sommes tous serré la main avec émotion. Quoi qu'on en dise, c'était un bon bateau ; il faudrait qu'il embarque encore beaucoup de passagers parlant toutes les langues possibles, qui ne seraient pas obligés de bavarder entre eux, de tenir des conférences ou des séminaires, mais qui pourraient quand même, à la fin du voyage, se serrer la main.

Il ne nous reste plus à présent qu'un petit bout de Norvège à parcourir ; ici, la pauvre, elle ne doit pas faire plus d'une quinzaine de kilomètres de largeur, depuis la mer jusqu'à la frontière suédoise ; mais il y a des rochers partout, partout des glaciers sur les sommets, des précipices et des cascades au fond des vallées, c'est le Hundalen. Il y a à peine la place pour une petite gare de chemin de fer, l'horizon est rempli de pics et de cimes couverts de glace, à chaque instant, un tunnel nous recrache dans un monde toujours plus désertique

et rocailleux. Quoi qu'on en dise, la Norvège et ses habitants forment un bien beau pays ; et si je devais citer des points négatifs, il ne me viendrait à l'esprit que cette congrégation américaine, les moustiques et la prohibition partielle ; il y a bien aussi un plat qui ne m'a pas inspiré, mais comme, par prudence, je n'y ai pas goûté, je ne peux pas me prononcer. Un pays bon et austère, habité par de braves gens ; un pays de campagnes et de petites bourgades, dont les courageux habitants vivent silencieusement et sagement dans de petites boîtes proprettes, au milieu du monde le plus fan…

# DE RETOUR
# EN SUÈDE

LA TOUNDRA NORDIQUE

...tastique, le plus monumental et parfois le plus irréel qui soit. Mais nous venons de franchir la frontière du royaume par un tunnel, et nous voilà en Suède. Il y avait autrefois, ici, un poste frontière, fermé à cause du climat trop rude ; il a en fait été déplacé un peu plus loin en Suède, à Vassijaure, où le climat n'est plus vraiment celui des montagnes, car l'altitude y est plus basse d'au moins sept mètres. Cela se voit d'ailleurs tout de suite : ici prospèrent les blocs de pierre, les petits marécages noirs et les minuscules lacs d'acier ; Vassijaure n'est en fait qu'une immense terrasse de rochers coincée entre les cimes des montagnes et tombant abruptement dans la mer. Entre ces rocs archéens, une touffe de scirpes ou de linaigrettes, quelques bouleaux rabougris, c'est tout ; puis la route descend vers Abisko, où se déploie la toundra ; entre les sommets des montagnes, moutonnent des boqueteaux sans fin de bouleaux et se love le lac de Torneträsk, tout en longueur et constellé de petites îles vertes ; nous voilà en plein cœur de la Laponie. Bien sûr, on ne s'attend pas à apercevoir du train des campements de Lapons, avec leurs ren-

*Vassijaure*

nes et autres charmes indigènes ; mais lorsqu'on croise, à la place, ces mêmes Lapons (en costume traditionnel) officiant comme vendeurs de souvenirs, ou ces Lapones (en costume traditionnel) employées comme bonnes dans les petites maisons suédoises, rouges et proprettes, on est quelque peu interloqué, et on se dit que le pittoresque folklorique ne vaut plus tripette si, partout où on le rencontre, il est l'emblème soit de l'industrie du tourisme, soit d'une situation de servitude vis-à-vis de gens nettement moins pittoresques et clairement plus favorisés ; il semble que, dans ce monde, les costumes traditionnels et autres particularités ethnologiques n'aient plus d'importance que pour ceux qui peuvent en vivre. Bien évidemment, cela ne peut continuer ainsi ; et je pleure déjà avec certitude la disparition de cette parcelle de beauté terrestre et de dignité que l'on appelle folklore.

*Torneträsk*

La nature, elle au moins, saura conserver un peu plus longtemps son caractère lapon originel, du moins je l'espère : d'une part, parce qu'elle est protégée autour d'Abisko par un parc naturel, peut-être de peur que quelqu'un n'ait l'idée d'y cultiver de la canne à sucre ou du café, et, d'autre part, un peu aussi parce qu'il ne poussera jamais rien d'autre ici qu'une

toundra de bouleaux et de saules (ainsi que certaines plantes plus petites que je n'ai pas eu le loisir d'identifier depuis le train). Le sort des montagnes, en revanche, est des plus incertains : on y découvrira vraisemblablement un jour quelque chose qui pourra servir à fabriquer des canons ou Dieu sait quoi, et alors on chargera des montagnes entières dans des wagons qu'on livrera, via Narvik, à messieurs Krupp ou Armstrong[65], comme c'est arrivé à celle qu'on appelait Kirunavaara ; aujourd'hui, ce n'est plus une montagne, mais sept cents millions de tonnes d'excellent minerai de fer. Je l'ai dessinée, ainsi que le lac Luossajärvi dans lequel elle se reflète ; quant à la ville de Kiruna, avec ses petites maisons ouvrières rouges et standardisées, toutes ses infrastructures

65. Friedrich Krupp (1787-1826), fondateur de la société rhénane éponyme, produisant de l'acier et des armes. William George Armstrong (1810-1900), ingénieur et inventeur, surnommé le Krupp anglais, fondateur de la fabrique d'armes portant son nom.

sociales, philanthropiques et autres accomplissements de l'industrie moderne, le tout situé en plein cœur d'une toundra tragiquement verte et déserte, cette ville-là, elle n'entrait pas dans mon dessin.

Alors, sans fin et sans limite, la toundra arctique se mue lentement mais sûrement en forêt scandinave : d'abord, ce ne sont que pierres et buissons nains, avec par-ci par-là, une souche de bouleau et des branches mortes, de-ci de-là, une potentille ou quelque chose du genre, étincelante comme de l'or (ce pourrait bien être une *Sibbaldia procumbens*) ; puis le sous-bois se fait plus épais, plus haut et plus touffu, avec, partout où porte le regard, les petites flammes blanches et fantomatiques des troncs de bouleaux ; se mêlent ensuite des trembles efflanqués et scintillants, des bouquets d'aulnes sombres et de saules argentés ; au pied des saules, au pied de la camarine, au pied des bouleaux, affleure une tourbe omniprésente, d'un noir humide et brillant. Puis un tronc cagneux et desséché se dresse au-dessus des buissons ondulés et déploie sa couronne chétive, la ramure hirsute et sombre de pins noueux s'obscurcit ; curieusement, il n'y a pas trace ici de notre pin des montagnes : seule une espèce de pin haut et pathétique lutte pour la vie avec opiniâtreté. Un peu plus loin, il a gagné la partie ; il est encore tordu, déchiqueté par les tourmentes et laminé par la neige, mais son tronc dégingandé et ses lourdes branches donnent à tout le paysage un caractère raide et solennel. Les bouleaux se font plus rares, les pins gagnent du terrain ; les premiers chablis, souches et troncs

de sapins, ravagés par le vent, transformés en écouvillons, en balais et en masses d'arme hérissées de piquants, en étendards flottants et en longs bras tendus, commencent à pointer comme d'austères pylônes hors des buissons de genévriers nains et de myrtilles d'un vert d'eau. C'est encore loin d'être une forêt, un collectif végétal ; chaque arbre lutte seul contre le sol et les éléments, chaque arbre est d'une forme différente, porte des stigmates uniques et les traces de revers d'un destin individuel ; ce n'est pas une forêt mais un vaste champ de bataille et un campement de guerriers se battant solitairement. Comment faire ? Là où la lutte pour la vie est la plus âpre, chacun de nous est renvoyé à lui-même ; montre de quoi tu es capable et ce que tu peux endurer. Une vie rude, certes, mais pleine d'aventures ; et on croise de ces arbres ! Des cosaques chevronnés, des vieux briscards pleins

d'expérience ; celui-ci est aussi émacié que Don Quichotte, celui-là aussi biscornu qu'un samouraï ; un escogriffe nerveux, plein de cicatrices et d'articulations, un invalide taillé à coups de sabre, qui brandit vers le ciel les moignons de ses membres horribles, un *bramarbas*[66] vantard et broussailleux, un malheureux affamé, assailli de toutes parts, malchanceux en somme, et qui se traîne à grand-peine ; des bonshommes noueux, des sacs d'os tout dépenaillés, eh bien, tu vois, ils ne se sont pas laissés faire ; qui eût cru cela de la part de gars si taciturnes ! Dieu soit béni, cela fait une belle armée pour attaquer le Nord, avec, à ses pieds, une légion de baroudeurs nains, un petit sapin trapu, un olibrius en zigzag, des bleus ébouriffés au front fendu par la foudre, un grand dadais morveux, déjà féroce, renfrogné sous sa tignasse et qui se prend pour un homme ; je vous le dis, on ne se lasse pas de cette végétation nordique sauvage ; et nulle part, je vous assure, on ne trouve rassemblées autant de personnalités exceptionnelles et magnifiques ; à moins, très cher, que vous ne me remettiez en mémoire les montagnes et les falaises des fjords norvégiens.

C'est une végétation lumineuse et clairsemée, cette frontière nord des forêts, mais quels piliers, quels rudes gaillards, quels barbus affublés d'étoupe moussue ! Partout des trous d'eau sombres qui brillent un instant, partout des pierres noires qui s'amoncellent, partout des touffes d'herbe rêche et une épaisse toison de myrtilliers ; et de claires fougères jail-

66. Beau-parleur, fier-à-bras, tartarin ; mot inspiré du personnage de *Jakob von Tyboe*, une comédie danoise de Ludvig Holberg (1684-1754).

lissent comme des flammes lumineuses et douces. Lentement, très lentement, la toundra nordique s'organise en une forêt clairsemée de mâts de sapins et de pins majestueux comme des coupoles de basiliques ; comme pour certains visages humains, il y a des arbres dont on se souvient jusqu'à sa mort ; il y a des arbres qui sont presque des saints. Mais voilà qu'une vaste clairière surgit, une clairière fraîche et nue où brillent des troncs abattus, et les trouées se succèdent, jonchées de salicaires rougeoyantes, couvertes d'une herbe

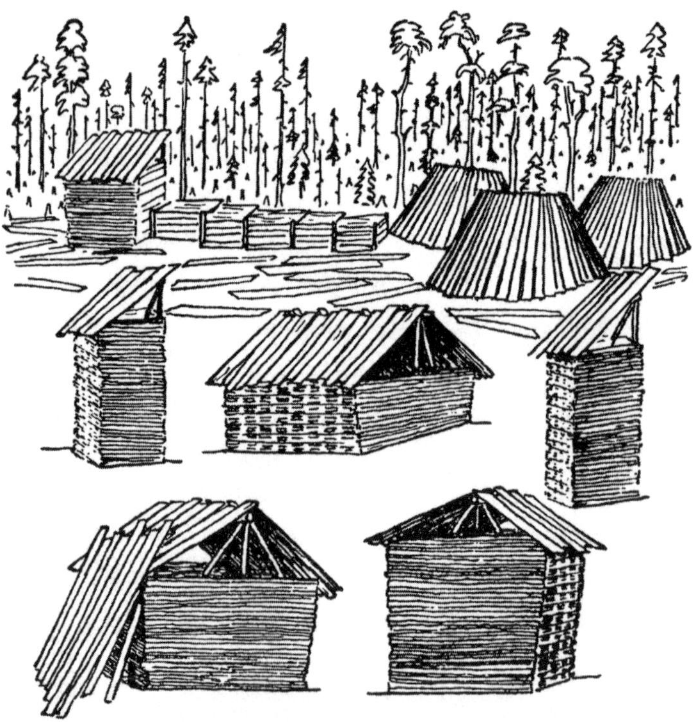

ondoyante et rousse ; la forêt nordique annonce aussi les usines à planches et à poutres ; et les *älver,* ici larges et tranquilles, emportent lentement et indéfiniment, loin des forêts, du bois muet.

## LA FORÊT SUÉDOISE

De fait, sur tout le trajet qui va du cercle polaire à Stockholm, on traverse la forêt suédoise ; pendant vingt ou trente heures, l'express file vers le sud à travers de la forêt, rien que de la forêt, et quel express, s'il vous plaît : nulle part ailleurs qu'en Suède on ne circule aussi agréablement, on n'a autant d'espace. Parfois, bien sûr, la forêt s'écarte pour laisser un peu de place à des pâturages et des prés, comme c'est le cas là-haut, dès Norrbottenslån, où les gens confectionnent pour le foin d'amusantes et jolies maisons de bois, dont on dirait qu'on les a tassées en s'asseyant dessus, tant elles sont écrasées en

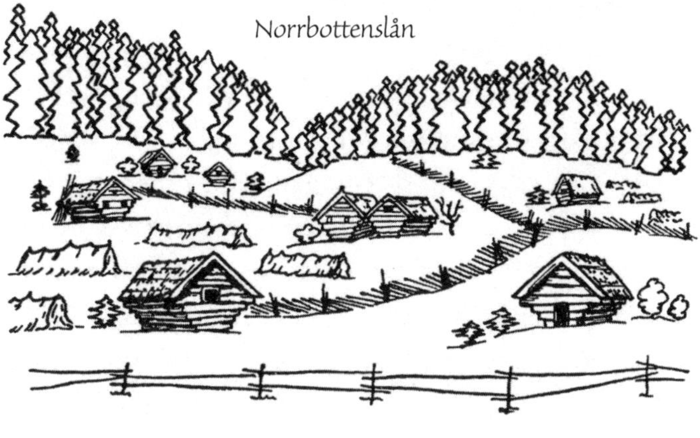

*Ångermanland*

accordéon et larges à mi-hauteur. Plus on va vers le sud, plus les fermes sont vastes, gonflées telles des poules qui couvent ; jusqu'à l'Ångermanland et au Jämtland, elles sont faites des mêmes rondins massifs d'un brun doré et reposent toujours sur les mêmes socles de bois, comme il convient dans ces régions montagneuses ; ce n'est qu'à partir du Hälsingland que commence la Suède rouge liserée de blanc.

Et celle des rivières : à chaque instant, un *älv* perce cette interminable forêt ; ce sont des rivières aussi larges et paisibles que des lacs, ou bien de jeunes torrents qui courent en rapides, blancs et noirs d'écume ; mais ce sont surtout des fleuves sereins, puissants et incroyablement graves, qui ont abandonné leur impétuosité aux centrales électriques, là-haut, et qui désormais charrient pour l'éternité, avec flegme et non sans une certaine paresse, des troncs de bois vers les scieries et les ports. En aval, on croise successivement le

Luleälv et le Piteälv, l'Åbyälv, l'Umeälv, l'Ångermansälv et l'Indalsälv, sans compter le Ljusnanälv, le Dalälv, et tout un tas d'autres cours d'eau dont je ne me rappelle plus le nom ; même notre Labe, c'est-à-dire l'Elbe, n'est rien d'autre qu'un vieil *älv* celte.

Tout le reste n'est que forêt nordique ; où que l'on porte le regard, depuis les crêtes étirées des montagnes jusqu'à cette plaine striée d'innombrables *älver*, il n'y a que des forêts, des

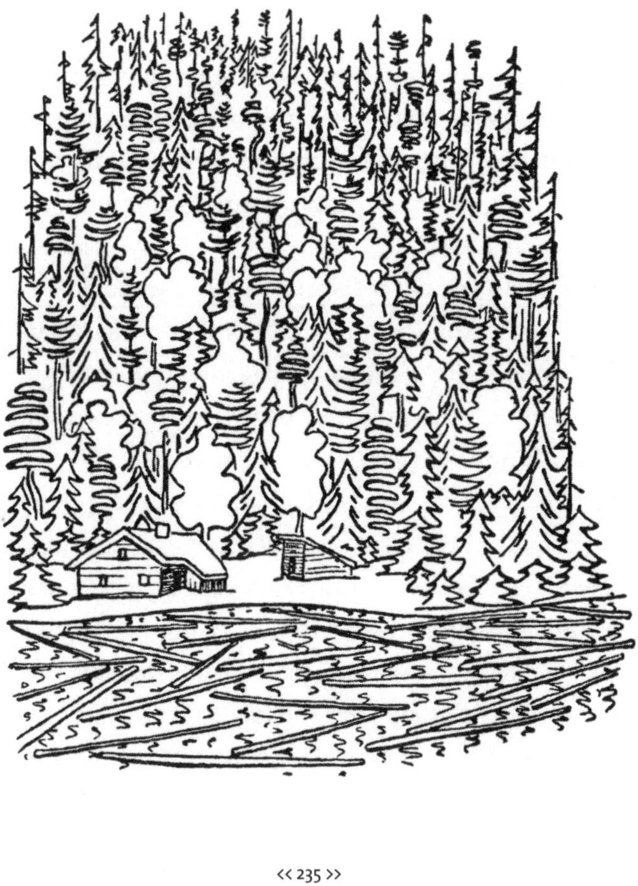

Piteälv

forêts, des forêts sans fin et sans limite. Sur les collines, des vagues ininterrompues de forêts, dans les vallées, la surface noire de forêts ; de temps en temps émerge une haute potence de bois, ma foi, cela doit être une tour de guet pour les incendies, ou quelque chose d'approchant. Et comment vous la décrire, cette forêt ?

Je commencerai par sa lisière, bien qu'à vrai dire elle n'en ait pas – à peine une bande de salicaires pourpres, de fougères jusqu'à mi-corps ; un pas, et il te faudra te dépêtrer seul de cette forêt, passer par-dessus les troncs écroulés et les branches mortes, à travers l'enchevêtrement de bouleaux, les bataillons de jeunes sapins, l'embrouillamini de myrtilliers, et te frayer un chemin au milieu des framboisiers et de leurs épines ; un seul pas dans cette forêt et tu as le vif sentiment que jamais l'homme n'a mis le pied ici. Commençons donc par les sous-bois ; attention, n'est-ce pas un cèpe, là-bas ? Si, et quel cèpe ! Regardez, les Suédois, c'est un plein chapeau de cèpes et de bolets roussâtres que je vous rapporte ; je suis allé dans les bois, à un endroit où jamais l'homme n'avait mis le pied ; c'est pour ça qu'il y pousse tant de champignons ; que dites-vous de cela ? Comment, ils sont vénéneux ? Et vous ne les ramassez donc pas ? Impossible de leur faire entendre raison, pour eux ces champignons ne sont pas comestibles ; quant à moi, je n'arrive pas à croire qu'un peuple aussi instruit et aussi sage donne raison à une superstition aussi barbare ; je crois plutôt qu'ils disent cela pour que personne n'aille les ramasser, ces champignons, parce que dans ces forêts, on a toutes les chances de se perdre à tout jamais. (J'en ai fait l'expérience ; au bout de trois minutes, je ne savais déjà plus où mettre les bolets, mais il est vrai que je ne savais plus non plus d'où j'étais venu et par où aller, bref, j'en avais presque oublié jusqu'à mon nom, tant ces forêts sont profondes. Je me suis demandé si, un jour, quelqu'un trouverait ma dépouille entourée d'une foule de bolets que j'aurais semés là ; mais il s'est avéré finalement que je n'étais qu'à une cin-

quantaine de pas de la route.) Je connais une dame, très courageuse face aux coups du sort et autres visites de la Vierge, qui fondit tout simplement en larmes à l'orée de la forêt suédoise : voir tant de cèpes et de bolets, et devoir les laisser sur place, c'était au-dessus de ses forces. J'eus moi-même toutes les difficultés à détourner mon attention de ces champignons (entre autres, des bolets bruns, presque noirs, du Småland, des blonds des prés du Södermanland, et des grands bolets qui poussent tout près de l'asphalte de la route de l'Östergötland, sans parler de ces bolets roussâtres !) (une fois, je suis entré dans un petit bois clôturé pour ramasser des champignons, et un grand cheval rouge s'est approché de moi ; peut-être voulait-il seulement jouer, mais un cheval dans une forêt est une créature quasi mythique, d'ailleurs, il y avait aussi une pierre runique, va savoir, il y avait peut-être de la magie derrière tout ça) ; mais pour qu'on n'aille pas dire que je ne vois plus la forêt à cause des champignons, il faut que je recommence autrement, disons comme ça : si vous réunissiez toutes les sources et tous les torrents, toutes les mares noires couvertes de lentilles d'eau, tous les étangs de village avec leurs oies, toutes les flaques tristes et les ruisseaux limpides, toutes les perles de rosée des brins d'herbe et des feuilles d'alchémille et toutes les gouttes argentées qui coulent des pompes près des maisons, cela donnerait sans doute un déluge tout à fait honnête, mais cela ne donnerait pas la mer. Et si vous plantiez des pins, des sapins, des bouleaux, des épicéas et des mélèzes de Paris à Varsovie, cela ferait, ma foi,

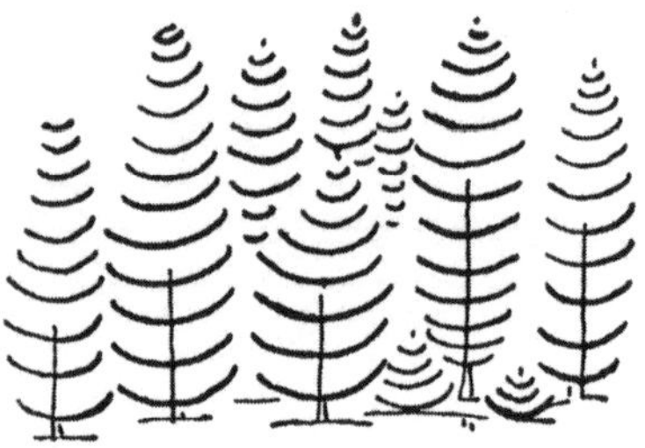

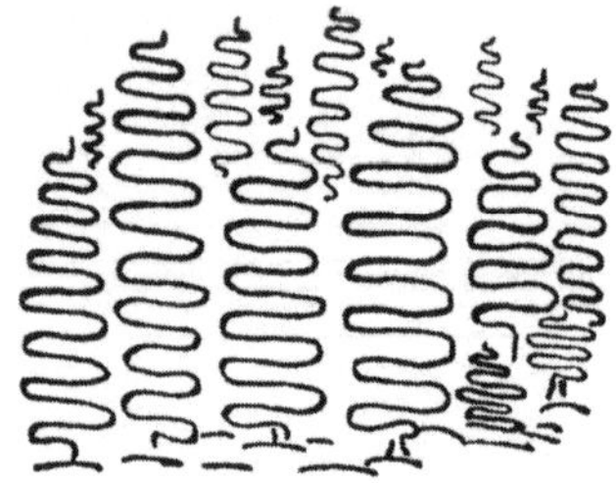

une quantité d'arbres monstrueuse, mais cela ne donnerait toujours pas la forêt nordique ; cela ne tient pas seulement aux arbres et à l'étendue ; bien sûr, une quantité aussi démesurée a quelque chose, comment dire, d'élémentaire et d'immortel ; mais la forêt nordique a quelque chose de plus, quelque chose de primitif, de primordial, comme une formation géologique. Telle qu'elle se dresse, telle qu'elle s'étale, on dirait qu'elle a été crachée par la nature en un instant géologique, tout comme celle-ci a craché le granit ou répandu la craie. Et maintenant, mon ami, va casser des cailloux ou couper du bois ! Du reste, tu pourrais tenter de tout détruire, pourquoi pas ; mais tu serais bien en peine d'y parvenir et de créer la forêt nordique. Cette forêt, elle est posée sur des millions de fûts, mais elle n'est qu'une seule et unique paroi, une seule et unique surface, une seule et unique vague verte, immensément longue, qui roule du cercle polaire vers le sud sur des milliers de kilomètres : comme si là-bas, au nord !, au nord !, il y avait une source inépuisable de vie immortelle qui jaillissait et déferlait en rapides assourdissants de forêts, en cascades de forêts, en cataractes de forêts et en flots de forêts, en affluents silencieux et en vastes marées de forêts, toujours vers

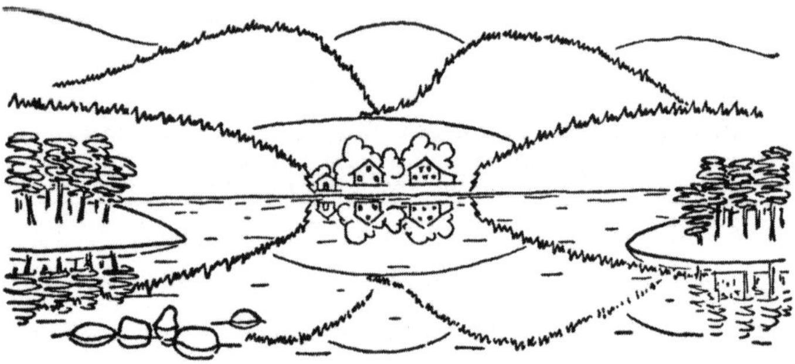

le sud!, vers le sud!, et ce n'est qu'ici, dans le Gästrikland, dans le Jämtland, au-delà du Dälalv, que l'homme lui barre la route avec sa cognée: forêt nordique, je ne te laisserai pas passer; enfin, encore un petit peu, jusqu'à Djursholm et au Mälaren, juste des bosquets pour le plaisir des yeux; bref, ici, l'homme, avec ses fermes et ses vaches, repousse depuis le sud l'élément déchaîné de la forêt nordique.

## LA VIEILLE SUÈDE

*Suecia omnis divisa est in partes duo*[67], en d'autres termes, si la Suède tout entière est divisée en vingt quatre provinces ou *län*, elle compte en réalité deux parties principales: en remontant depuis l'Øresund jusqu'au Svealand, c'est-à-dire un peu au-dessus de l'Uppland, s'étend la vieille Suède, la Suède historique, constellée de cathédrales, de forteresses, de châteaux, de villes anciennes, d'édifices royaux, de pierres

67. « Toute la Suède est divisée en deux parties. » Détournement d'une citation tirée des *Commentaires sur la guerre des Gaules* de Jules César: « *Gallia omnis divisa est in partes tres.* » (Toute la Gaule est divisée en trois parties…).

runiques et de monuments historiques en général ; mais, de là jusqu'au cercle polaire, elle n'est constellée dans l'ensemble que de granit, de cascades et de forêt nordique ; et cela, c'est la Suède primitive.

Dans la vieille Suède, l'œil du pèlerin croisera surtout une grande quantité d'églises ; certaines sont des cathédrales anciennes et majestueuses dans lesquelles se trouvent les tombeaux des rois, des comtes de Brahe et de nombreuses saintes Brigitte[68] ; mais des cathédrales comme celles de Linköping ou de Lund, je ne pourrai pas vous les dessiner, parce que le gothique, rien à faire, cela doit se tailler dans la pierre, sinon, cela ne va pas.

À Lund, il y a aussi une magnifique crypte romane entourée de nombreuses légendes et rumeurs historiques au sujet du géant Finn[69] et de sa femme ; malheureusement, je ne parle pas suédois, de sorte que je n'ai pas compris un traître mot de ce que racontait le guide à ce propos ; tout ce que je sais, c'est ce que j'ai vu. J'ai également visité le célèbre couvent de Vreta, situé au milieu d'un charmant cimetière ; j'ai dessiné cette église pour que vous voyiez qu'ici même les lieux de culte sont construits comme des fermes, et qu'ils sont faits d'appentis, de remises du Seigneur, d'étables et de hangars à

68. Sainte Brigitte (v. 1302-1373) : patronne de la Suède, elle fonda l'ordre du Très Saint-Sauveur et l'abbaye de Vadstena, l'un des principaux centres d'enseignement théologique en Scandinavie.

69. Le géant Finn aurait construit l'église de Lund pour saint Laurent. Selon une autre légende, sa femme et lui auraient tenté d'ébranler la cathédrale de Lund.

bois, le tout entassé, encastré à la va-comme-je-te-pousse autour du bâtiment principal de la parole divine. Mais la majorité des églises sont campagnardes, avec leurs clochers, leurs pignons, leurs toits, leurs coupoles et leurs bulbes qui pointent au-dessus de vieux chênes, de tilleuls et de frênes, de merisiers aux boucles vertes et de saules ; j'en ai dessiné

toute une série, depuis ces flèches fines comme des fuseaux jusqu'à ces coupoles typiquement suédoises, larges et basses, qui ressemblent à des casques de pompiers ou des chapeaux melon. Parfois, les églises suédoises se passent complètement

de clocher et ne sont munies que d'un beffroi de bois ; dans l'ensemble, elles s'étalent tranquillement, largement, comme des citoyens sur l'honnête paume ouverte du monde ; elles ne se dressent pas de manière ostensible ni pathétique vers le ciel ; cela doit être dû à cet esprit protestant, plein de sobriété et d'humanité.

Ici, les châteaux et les forteresses s'élèvent en général au-dessus de la calme surface d'un lac ; à mon avis, au Moyen Âge, on a privilégié la beauté du reflet à la sécurité contre les assauts ; c'est d'ailleurs pour cela que les tours et les donjons arrondis des citadelles sont tous couverts de casques, de coupoles, de fanaux et de dômes, pour qu'ils se reflètent joliment sur l'étendue des eaux. Il y a le château de Kalmar, celui de Vadstena, celui de Läckö et d'autres encore je ne sais plus où, des ruines de monastères qui se réfléchissent sur des eaux profondes, des forteresses mortes sur des lacs-miroirs. Un château au-dessus d'un lac est l'un des motifs caractéristiques de la vieille Suède ; il y a aussi celui de la demeure aristocratique au bout d'une longue et vieille allée, castel rouge et blanc enfoncé jusqu'au toit dans un parc à la végétation touffue. La démocratie suédoise n'a pas aboli la noblesse, elle la laisse seulement s'éteindre doucement, comme les élans ou les hermines, c'est-à-dire discrètement, et avec de pieux mais impuissants regrets.

Enfin, la vieille Suède est abondamment semée de pierres runiques et de tumulus de granit. Parfois, on les prend pour de simples bornes qui délimitent les prés de Lindström de

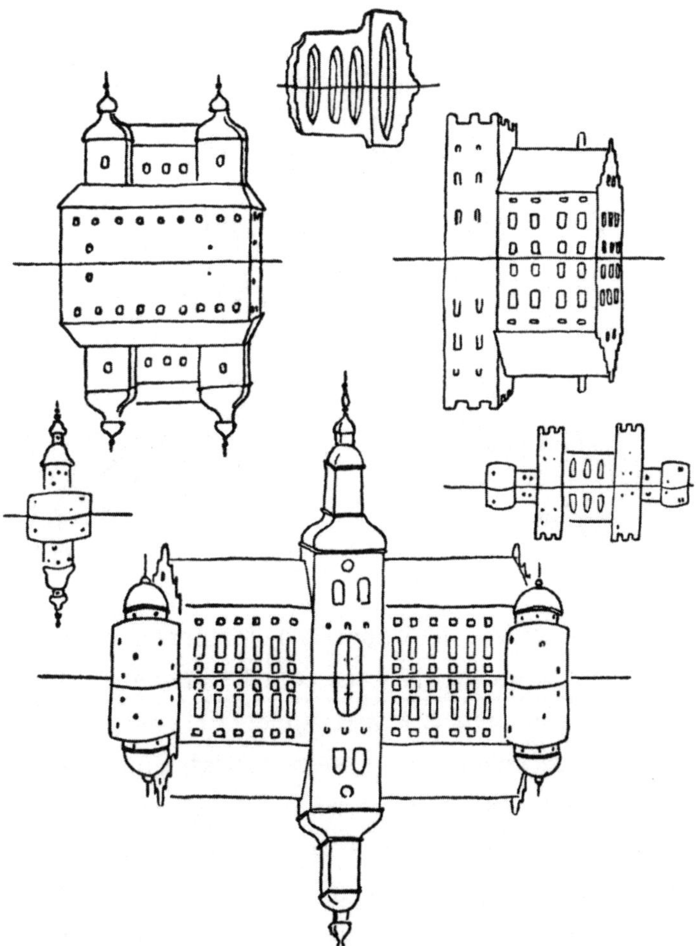

ceux de Lindberg, alors qu'en fait, ce sont des roches qui réjouissent le cœur des archéologues. À certains endroits, ces tertres funéraires forment des cercles ou imitent la forme d'un drakkar ; ailleurs, un énorme bloc de granit repose

comme un toit sur deux pierres, de manière à abriter la dépouille d'un quelconque Larsen[70] préhistorique ; et, en faisant le tour du tumulus, le visiteur moderne s'interroge sur les moyens techniques mis en œuvre par les hommes d'alors pour élever dans les airs un rocher si colossal. Je vous ai dessiné l'un de ces tumulus, qui se dresse près de la grand-route, un peu après Trälleborg ; il est curieux de voir quel mystère et quelle dignité ce genre de témoins des temps passés, comme on dit, confère au paysage. On a beau faire, la profondeur, l'immensité du temps emplissent l'homme d'un émerveillement tout aussi respectueux que l'immensité de l'espace.

70. Patronyme scandinave assez commun, signifiant fils de Lars.

Vous ne pouvez pas vous imaginer combien d'emballages en papier d'argent et de boîtes de pellicules photographiques traînent aux abords d'un lieu sacré comme celui-ci ; j'ai bien l'impression que tous ceux qui passent par ici prennent leur femme en photo près du tumulus, appuyée d'une main sur une pierre antédiluvienne, et, de l'autre, remettant de l'ordre dans une chevelure défaite par le vent de la Baltique. (« Mais enfin, je suis toute décoiffée » objecte la *fru*[71] ; mais « ça ne fait rien » assure le mari en pressant immédiatement le déclencheur ; et un souvenir de famille de plus vient de voir le jour.)

Outre les monuments historiques, la vieille Suède regorge de petites villes propres, de fermes rouges et d'arbres séculaires ; mais je garde ces derniers pour le chapitre suivant.

71. Femme, dame en suédois.

## AU PAYS DES GOTHS

Oui, j'ai gardé les vieux arbres et les prés, les forêts, le granit et les lacs pour le moment où je devrais prendre congé des pays du Nord ; car le plus beau, là-bas, c'est avant tout le Nord

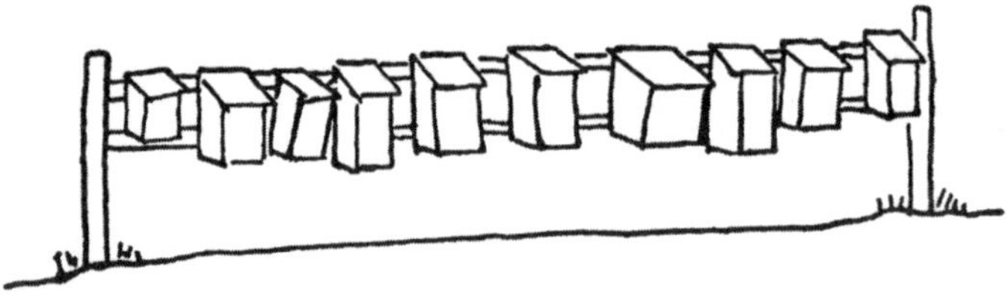

lui-même, c'est-à-dire la nature, une nature plus verte que partout ailleurs, une nature riche en eaux, regorgeant de prés et de forêts, étincelante de rosée et de reflets célestes, une nature pastorale et luxuriante, paisible et bénie. J'ai mis de côté les fermes rouges aux liserés blancs et les troupeaux de petites vaches blanc et noir, les mares pleines de spirées en fleur, les saules argentés et les genévriers noirs, les buttes de granit du Södermanland et les longues vagues bouclées des coteaux du Småland, ainsi que la sérénité féconde et claire des paysages du Skåne. Tout cela n'est rien, ma foi, rien du tout, mais c'est beau, et on préférerait être à les caresser qu'à les décrire. Ce n'est rien, par exemple, qu'une petite île qui se mire dans des eaux tranquilles ; mais pourquoi alors ressemble-t-elle à l'île des bienheureux ? Ce n'est rien que quelques vaches mouchetées qui ruminent à l'ombre de tilleuls centenaires ; et pourtant, on dirait un tableau d'un vieux maître flamand qui adorerait les vaches et les arbres. Ce n'est rien qu'un petit pont de pierre qui enjambe une rivière paisible ; et pourtant ce pont semble mener de l'autre côté, vous savez, de l'autre côté, là où les soucis et la hâte n'existent plus, et où, probablement, on ne meurt jamais. Ce n'est rien qu'une maisonnette rouge et blanc entre des arbres verts ; mais, ma foi, on se dit qu'on serait heureux si on y vivait ; je sais bien que ce n'est pas vrai, que ce n'est pas si facile d'être heureux, et que cela ne s'apprend pas, même au paradis ; mais ce pays est ainsi fait que le voyageur y est immédiatement enclin à croire à la paix, à la tranquillité, au calme et aux autres vertus cardinales.

Nous avons été menés dans cette région par un éminent érudit, fin connaisseur du Nord ; d'une main, il tenait le volant de sa Ford, de l'autre, il nous montrait et nous dessinait la préhistoire, l'histoire, les habitants, les monuments et autres particularités de chaque région. Matériellement conduits de la main gauche et intellectuellement guidés de la main droite, nous avons ainsi traversé le Södermanland, l'Östergötland et

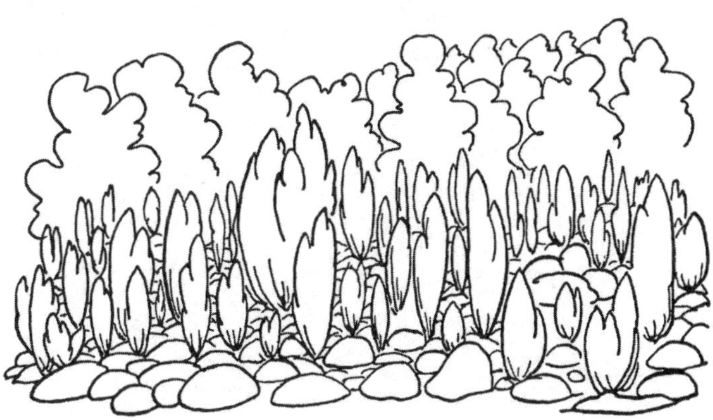

Södertälje

le Småland, en passant par le Skåne et le Malmöhuslan, et ce n'est qu'arrivés au port de Trälleborg que nous avons eu un accident ; ce qui prouve bien que nous fûmes escortés tout au long de ce voyage par une bienveillance toute particulière de la fortune. Je pourrais raconter bien des choses sur l'ancien pays des Goths, mais j'ai tendance à confondre un tantinet Nyköping, Norrköping, Linköping et Jönköping, et à mélanger tous les rois de Suède ; il faut dire qu'il y en a eu toute une ribambelle, surtout des Gustave et des Charles ; je préfère donc me taire en matière d'histoire, de peur de me tromper. Je me souviens simplement que les habitants de l'Östergötland ont tel et tel trait de caractère particulier, et ceux du Småland en ont d'autres, mais peut-être est-ce l'inverse ; enfin, l'Östergötland est plutôt une vaste plaine bénie et noble, tandis que le Småland est une région des plus rugueuses, pauvre et paysanne ; quoi qu'il en soit, elles abondent toutes les deux en arbres touffus et bouclés, plantés le long des routes, aux abords de chaque habitation, au-dessus des eaux ensorcelées des rivières et des lacs, et partout où la terre a créé une petite éminence ou un recoin intime. En tout lieu, on se croirait dans le jardin du Seigneur, même si des blocs de granit couverts de bruyères et de genévriers font régulièrement irruption dans tant de rondeur, même si des pierres erratiques parsèment le paysage, même si un roc nu émerge fréquemment ; ce monde de pierre, préhistorique et monumental, fleurit partout sur cette terre suédoise bucolique et accueillante.

Småland

Vidöstern

Et enfin, tout au bout de la route, s'ouvre devant le pèlerin le Canaan[72] du Nord, le pays plat et fertile de Skåne, avec ses moulins à vent et ses longues routes bordées d'arbres, un pays tapissé de bêtes tachetées et d'immenses fermes dont les étables sont aussi grandes que des usines et les granges aussi hautes que la cathédrale de Lund ; ici, on ne bâtit pas en bois, comme partout ailleurs en Suède, mais en pierres et en briques entrecroisées de poutrelles ; quant aux champs, ils produisent, outre une multitude de dons du ciel destinés à la table des hommes, un blé lourd et de gros bulbes de betterave. Pourtant, les habitants du Skåne suivent un régime frugal résumé en une formule tout ascétique : « Manger au bon moment, manger bien et beaucoup » – rien de plus. J'ai remarqué que partout où le bétail est vigoureux et où poussent de vieux arbres altiers, vit un peuple racé ; et ces Suédois du Götaland sont vraiment de puissants et nobles fermiers. Et voilà, le voyage prend fin ; la boucle est bouclée. Depuis la douce terre danoise, toute gonflée de lait tel un pis rose, jusqu'au bout du monde, là où plus rien ne pousse qu'une poignée de minuscules plantes arctiques dispersées entre les rochers, en passant par la toundra polaire, pour revenir vers les verts pâturages et les forêts noires, nous avons caressé ces étendues paumes ouvertes, comme un promeneur longeant un champ de seigle fait glisser entre ses doigts les épis mûrissants ; quoique, dans le Norrland, il faudrait beaucoup se

72. Dans la Bible, Canaan est la terre promise au peuple d'Israël.

Skåne

Skåne

baisser pour pouvoir caresser l'avoine. C'est donc ici, dans le Skåne, que se referme la boucle ; et à nouveau les dieux des troupeaux et des plantes cultivées bénissent le voyageur – comme ils l'ont fait de l'autre côté de l'Øresund.

## LA NUIT

Il fait de nouveau nuit, et, au-dessus de la Baltique, de larges éclairs sillonnent le beau temps. Au travers des petites lumières vertes et rouges, des balises clignotantes et des phares éblouissants, un hôtel flottant, étincelant, nous conduit vers les rives de l'autre Europe, la grande Europe. Et sais-tu ce que j'aimerais voir ? Eh bien, seulement peut-être, le *sund* dans lequel le *Håkon Adalstein* est en train de se démener en ce moment, avec sa farine, son ciment et sa poignée de passagers ; mais voyons, là-haut, à l'heure qu'il est, il ne fait pas encore nuit, le soleil est tout juste en train de se coucher en une aube flamboyante. Quoi qu'on en dise, c'était un bon bateau ; bien sûr, ce n'était pas un palace flottant comme celui à bord duquel nous nous trouvons, mais, pour le coup, nous autres passagers, nous sentions d'autant plus proches les uns des autres et des choses.

Je ne sais pas ce qu'ils ont, les peuples, avec leur manie de la grandeur et du pouvoir[73] ; allons, allons, ne soyez donc pas si bouffis d'orgueil ! Je viens de rendre visite à trois peuples, dont on dit qu'ils sont petits ; mais voyez comme ils sont bien

73. Allusion aux menées expansionnistes de l'Allemagne nazie et de l'Italie fasciste.

Trälleborg

organisés ; et si on devait compter les choses parfaites, on en trouverait bien plus dans ces régions que dans les plus grands royaumes d'ici-bas. D'ailleurs, l'histoire a apporté ici aussi son lot d'inimitiés, de conquêtes et de guerres ; mais il n'en reste rien, car tout cela s'est révélé inutile. Un jour, les hommes comprendront qu'aucune victoire n'en vaut la peine ; et, s'il leur faut vraiment des héros, ils pourraient élire ce petit docteur de Hammerfest qui va d'île en île sur son canot à moteur dans la nuit polaire, là où une femme est en train d'accoucher et un enfant de pleurer. Les tambours de la guerre dussent-ils cesser de battre un jour, il y aura toujours bien assez de place pour les hommes courageux et entiers.

Il fait donc à nouveau nuit, et les grands sabres des éclairs vacillent au-dessus d'une mer d'encre ; signes précurseurs d'une tempête ou d'un temps calme ? Comme le monde paraît instantanément plus horrible, plus tragique, quand on le regarde la nuit ! Tu vois, mon ami, ce ne sont déjà plus les crépuscules de Suède, verts, diaphanes et glacés comme l'eau des fjords, ni le vertige métaphysique du soleil de minuit ; c'est déjà la nuit européenne, lourde et plutôt ordinaire. Ma foi, nous sommes allés visiter la paix de Dieu, et maintenant, nous rentrons chez nous.

Une lueur grise et froide s'élève ; un peu comme si on ouvrait les journaux du matin encore humides pour y chercher ce que le monde est devenu. Cela fait si longtemps qu'on ne les a pas lus ; pourtant, il ne s'est rien passé, à peine quelques semaines d'éternité se sont-elles écoulées – les monts de Norvège se sont reflétés dans l'eau des fjords, la forêt suédoise s'est refermée au-dessus de notre tête, et des petites vaches paisibles nous ont observés de leurs yeux tranquilles et vénérables. Notre voyage ne prendra véritablement fin qu'à l'annonce de la première nouvelle abominable, inhumaine. (Et ça y est, en voici une : il s'agit du grand malheur qui frappe le peuple espagnol[74] ! Mon Dieu, pourquoi aime-t-on tant les peuples que l'on a connus !)

Les lumières de l'Europe luisent dans un petit matin gris ; rien à faire, c'est la fin du voyage. De petites embarcations de pêcheurs quittent Rügen, comme elles le feraient dans les Lofoten – seules les voiles diffèrent. En ce moment, le *Håkon Adalstein* doit mettre le cap au nord, entre les falaises nues des Lofoten. Quoi qu'on en dise, c'était un bon bateau*, et c'était un beau voyage.

*PS : Je dis bien « c'était », car, depuis, j'ai reçu du *kaptein* la lettre suivante : « *Nun ist meine alte dampfer* Håkon Adalstein *degradiert. Alle die Cabinen sind weggenommen, auch den salong wo wir essen, nun sind sie nur führ ladungen. Es war*

74. Il s'agit de la Guerre civile d'Espagne.

*traurig führ mich zu sehen, when ich meine alte dampfer liebte. Ich bin nun auf dem dampfer* X. Y., *laufen zwischen Bergen und Kirkenes mit post und passaschiere, aber diese ist nicht so gut wie meine alte.*[75] » Honneur soit rendu à sa mémoire par ce point final.

---

75. « Mon vieux vapeur, le *Håkon Adalstein,* est à présent en bien mauvaise posture. Toutes les cabines ont été supprimées et le salon dans lequel nous mangions sert au transport de cargaisons. Cela a été pour moi un bien triste spectacle, car je l'aimais bien, mon vieux bateau. Je suis désormais sur le vapeur *X. Y.*, nous transportons de Bergen à Kirkenes le courrier et quelques passagers, mais il n'est pas aussi beau que mon vieux bateau. »

## SOMMAIRE

CHEZ LE MÊME ÉDITEUR

KAREL ČAPEK

# Dachenka

## ou la vie d'un bébé chien

TRADUIT DU TCHÈQUE PAR ANNA
ET JACQUES ARNAUDIÈS

*Dachenka : « vertébré de l'ordre des carnivores coquins et canins, sous-ordre des endiablés, genre des fureteurs, famille des farceurs, variété des facétieux à oreilles noires. » Avec humour et tendresse, Karel Čapek nous conte comment l'arrivée de cette petite boule de poils va changer le fil de son quotidien et de celui de son foyer. L'écrivain tchèque décide d'observer et d'étudier le développement de cette furie canine. Il la raconte, la décrit, la dessine et se mettra même au défi de parvenir à la photographier, allant jusqu'à lui inventer des contes afin qu'elle reste tranquille. Facéties, espiègleries et badineries s'enchaînent dans ce récit – prisé par plusieurs générations de lecteurs tchèques –, qui séduira aussi bien les petits que les grands.*

*Au début, ce n'était qu'un « petit rien blanc » écrit Karel Čapek dans* Dachenka*. Sans yeux ni pattes. « Mais vu que cela avait une paire de mignonnes oreilles et, derrière, un bout de queue, nous fûmes d'accord que c'était un petit chien. » Une petite chienne, en fait, qui deviendra l'idole de plusieurs générations de Tchèques, le livre paru en 1933 comptant toujours parmi les préférences des enfants. De « la vie d'un bébé chien », comme l'annonce le sous-titre, Čapek n'a omis aucun détail. Il décrit avec minutie, dessins à l'appui, comment ce fox-terrier apprend à regarder, à marcher, à jouer, à manger. Et il retranscrit les histoires qu'il faut lui raconter pour l'apaiser : sur la longueur de la queue, sur ses ancêtres, les dobermans, et surtout sur les hommes ; la « meute » dans laquelle, séparé de sa mère, il lui faudra bientôt s'intégrer. Čapek a écrit ce livre pour montrer que toute espèce vivante mérite notre attention, qu'il faut bien se comporter avec chacune et ne jamais faire souffrir.*

*MAGAZINE BOOKS*

CHEZ LE MÊME ÉDITEUR

KAREL ČAPEK

# contes d'une poche et d'une autre poche

TRADUIT DU TCHÈQUE PAR MARYSE POULETTE
ET BARBORA FAURE

*Des empreintes qui s'arrêtent soudainement dans la neige, un homme qui a pour seul tort de paraître suspect, un voleur de cactus qui disparaît à l'autre bout du monde, un poète qui se transforme en détective, Dieu qui apparaît comme témoin de la justice humaine, une cellule de prison dont les occupants se repentent, un cadavre retrouvé dans une valise déposée à la consigne d'une gare... Dans ces quarante-huit nouvelles, dont plus de la moitié était inédite en français, Karel Čapek mêle l'ordinaire à l'extraordinaire, l'humour à la satire.*

Les Contes d'une poche et d'une autre poche, *qui relèvent du genre policier avant l'heure, dissèquent la vérité et jouent avec notre capacité à juger. Crimes, disparitions, énigmes, mystères, enquêtes, ces textes en forme de paraboles continuent de nous hanter longtemps après leur lecture.*

*Il est temps de lire Čapek pour le rire insouciant qu'il crée dans ses contes, rire derrière lequel pointe souvent l'angoisse.* ARTHUR MILLER

*La lecture la plus agréable (et j'utilise cet adjectif sans malice aucune) que je connaisse !* MILAN KUNDERA

*Les récits policiers de Karel Čapek nous montrent un conteur hors pair dont la tendre ironie lui permet de dépeindre un monde fantaisiste et attachant. Les courts récits ici rassemblés tiennent autant de la chronique de mœurs goguenarde et tendre dépeignant un joyeux petit monde praguois haut en couleur (rien n'est jamais trop dramatique, même le plus sordide) que de la nouvelle policière stricto sensu.*

GUILLAUME CONTRÉ, *LE MATRICULE DES ANGES*

Achevé d'imprimer en septembre 2019,
sur les presses de la Nouvelle Imprimerie Laballery,
58500 Clamecy.
Numéro d'imprimeur : 908123

Cet ouvrage est imprimé, pour la couverture,
sur du Munken Polar Rough 300 g
et, pour l'intérieur, sur papier bouffant Munken Print White 90 g,
provenant de la gestion durable des forêts.